風の棲む丘

湧上アシャ

風の棲む丘

目次

主な登場人物

神谷海　主人公。沖縄島中部の街で育った少年。

謝花空　海の幼なじみ。幼い頃母に捨てられた。不思議な感性を
　　　持つ無垢な少女。

天久京子　海と姉弟のような存在で同居人。

謝花春　空の祖母。神人。

麻里・ジェーン・フィッシャー　海の同級生。

メアリー・杏・フィッシャー　麻里のいとこ。

剛小蝶　海の同級生。

小禄良平　海の同級生、悪友。

宮古昇　謎の男。島の革命のために反社会的な組織を束ねる。

浦目　宮古昇の部下。

屋部　地下組織の医者。

老　　島のウラ社会の大物。

神谷洋　海の父。海外取材の途中に音信不通になる。

風の棲む丘

プロローグ　春の空

「えをかきます。えを」

彼女は自分がだれなのか、はっきりとわかってはいなかった。広い宇宙の中にいて、六感のすべてが自分のものではないことを、彼女はなんとなくわかっていた。なにか大きな意志が自分を生かしていて、それに突き動かされて、考え、悩み、生きているのだと思っていた。

彼女はそれを神さまだと思っていた。それは昔読んだ絵本の中に出てくるような、ひとの形をしたものではない。彼女は自分の頭があまりよくないことはわかっていたが、地球が回っているのはわかっていた。

「ぐるぐるぐるぐるです」

もっとも、彼女の中では地球は、こまのように真ん中に軸があり、それはそれはすごいスピードで回っているものだった。そしてそれを最初に回してじっと見ているもの、それが神さまなのだと思っていた。言わば、大地や空や海。彼女にとって神とはつまり、宇宙自体のことだった。

「うたをうたいます」

彼女はシンプルだった。なにものにも優しかったし、なにものをも愛していた。おかげで彼女をとり巻く悪いものは、彼女をとり巻く良いものに阻まれて、だれも彼女に触れられないでいた。

「おいしゃさん。こわくありません」

彼女にとって良いものは、自然の中にあるものだった。風になびく草花や、大地に根を張り雄々しく立つ木や、それを守りつづける虫や、動物たちだった。そして悪いものはなんなのか、それはわからなかった。彼女はまだ、悪いと断ぜられるものに会ったことがなかった。

「できた」

しかし、無垢な彼女にとって不運だったのは、周囲の大人が弱かったことにあった。いや、言葉に頼ってイメージを読み取れなくなった人間にとって、彼女が強すぎたのだ。

「おばー。え。かいた」

しかしようやく、彼女は落ちつける場所を見つけた。長いあいだ雨と風とを刻みつけた大木の年輪のような、あるいは気の遠くなる年月かけて削られた砂漠の岩石のような、そんな顔をした老婆だった。強く光をはなつ彼女をしっかりと抱きとめ、老婆は目を細めた。その中には鋭い知恵があり、彼女がそばにいるときその老婆の心は、波の穏やかな海の底のように深かった。

「いつ。あえる？」

うるし色の髪を撫でていた祖母の手を、頭で押しやって、彼女は上目づかいに老婆を見た。まるですべてが燃えるような瞳の色をしていた。まるで太陽だ。老婆は思った。

「あせらなくても、すぐに会えるよ」

しわがれた声で、ゆっくりと、諭すように告げる。とうに老婆の背を越している彼女は、いつも、生まれて初めてそうするように笑う。

「あいたいな。あいたいな」

老婆はちからのあまり入らない腕で、できる限り強く、彼女を抱きしめてやった。自分に残された時間を呪いながら。

黄昏の街

「気がつくと、いつも夕暮れだったの」

麻里《まり》・ジェーン・フイッシャーは、暮れゆく街を見つめたままそう言った。それから隣に座る神谷海《かみやうみ》の口から煙草を奪って、自らの唇に寄せた。

「どういう意味?」

麻里は応えない。褐色の肌に映える切れ長の目を細めて、薄く笑うだけだった。

「ま、いいけど」

諦め口調で海はそう言って、新しく煙草を取りだして火をつけた。吐き出された白い煙が、夕焼け空へとのぼる。

ここは、丘の上にある街。ふたりは並んで公園のフェンスに腰かけ、南風に流されていく夕焼けを眺めていた。すこしずつ街に明かりが灯りはじめ、風が冷たくなる。

「……この時間にようやく目が覚めるのよ。世界なんてものに価値はない。けれど、なにも影響を与えられない自分のほうが、価値がない。そう気づいた時には、太陽は逃げてしまう。いつだって、見送ることしかできない」

「すこし、わかる気がする」

「……ありがと」

遠くから、公民館のチャイムが聞こえてきた。鉄琴の音が鳴りやんで、海が申し訳なさそうに口を開いた。

「あー、そろそろ」

「帰る?」

「うん」

「そう」

麻里は表情こそ変えなかったが、言葉に残念だという響きがこめられていた。麻里はフェンスから飛びおり、歩き出した。海もあわてて後を追う。

「麻里、明日は学校来いよ」

「どうして?」

「どうしてって、おれたち受験生じゃないか。お前頭いいんだからさ、今からでも高校いけるって」

「わたしの勝手じゃない」

麻里は中学一年生のころ、テストで学年一位を取りつづけた。さらに全国一斉模試で、県内で上から三番目の成績を残した。そしてその年の春、彼女は学校に行くのをやめた。

ずんずん先に進んでしまう麻里に、海はついていくので精いっぱいだった。まるでふたりは競歩でもしているのかという速さだった。強い風が吹いて、腰まである麻里の長い黒髪がなびいた。

「子どもは嫌いなの」

「子ども？」

「そう。子どもはいつだって嘘つきと弱いものをいじめたがるのよ。そして異端児や天才を虐待するの」

海は、なにも言えなかった。麻里はアメリカ人と日本人の両親を持つ。日本人ばかりの教室にその色の肌は、それだけで目立つ。さらに頭がよくてひねくれ者。男子生徒にはわりと人気があったが、女子生徒の妬み嫉みを買うこともすくなくはなかった。

「なんだよ。嫌がらせでもされてるのか？」

麻里は立ちどまり、軽蔑の目で海をにらみつけた。しかし、怒鳴りつけることはせず、ひと呼吸置いてからこう言った。

「わたしの人生だから」

海はしばらくあっけにとられたが、みるみるうちに笑顔になっていった。麻里の人間性を垣間見た気がしたから。

「へー、かっこいいね」

それは単なる感想なのだが、麻里には冷やかしに聞こえたらしく、また先に歩き出してしまった。

「まてよ。じゃあ、公園には顔出してくれよ。な。おれたちいつもここでバスケやってるから」

「バスケ？」

「バスケット。バスケットボール。麻里が来てくれると、四人になるからツー・オン・ツーできるんだよ。運動、嫌いじゃないだろ？」

「嫌いじゃないけど……」

「よし、決まり。あ、麻里そっちから帰るの？　おれんちこっちなんだよ」

そもそも今日は、麻里が学校をさぼって公園で読書をしているところを、海が声を掛けてきたのだ。

「明日、楽しみにしてるからな」

「気がむいたらね」

「気がむけよ。絶対！」

大きく手を振って、海は坂の上に駆けていった。白いシャツを、傾いた陽ざしが橙色に染めていた。

麻里は久しぶりに他人と喋ったことで、突然言いようのない虚しさに襲われた。そして、その感情が明日の自分の予定をも決めてしまったことがわかった。

セーラー服が肌にべったりと張りついて透ける初夏。交わった運命とともに、彼女の世界が軋みはじめた。麻里の頭上を大きな鉄の鳥が飛び、その足元に影を落とした。

空き地に挟まれて、古い鉄筋コンクリートのさびれた家がある。そこは海の家だった。玄関のすりガラスから漏れた光が、黒いかたまりをつくりだしている。近づくにつれそれは形をあらわにして、ひとの影だとわかる。海は今すぐ逃げ出したい衝動に駆られたが、平均的な中学三年生の男子に、ほかに帰る場所があるはずもない。

「京子さん。ただいま」

「おう。遅かったな」

海の血のつながらない姉、天久《あめく》京子《きょうこ》はゆっくりと立ち上がり、煙草をひと吸いしてから、海に視線をむけた。

細い腕。細い脚。細い首。ねむたそうに伏せられた目。肩と背中の間ほどの長さの髪。洗いざらしのジーンズ。無地のTシャツ。黒いサンダルを履いている。近所では〝きっぷのいい美人〟で通っているが、海には鬼にしか思えなかった。それも、とびきり美しい。

「遅くなるときは電話しろって言ってるだろ？　なんのための携帯だよ。仕事先に連絡しなきゃいけないんだからな」

「すいません」

「ったく。どこほっつき歩いてたんだか」

言いながら、京子は立てつけの悪い引き戸を不快な音を出しながら開けた。入れ、ということなのだろう。

「良平たちと、バスケしてて」

青いタイルの上に、キャンバス素材の黒いスニーカーは、そこにいるのが当たり前かのように存在していた。

「つくならもうちょっとましな嘘つけよな。あのふたりなら、五時くらいにスーパーで会ったって」

ふたりが歩を進めるたびに、古くなった床がぎしぎしと音を立てる。廊下の蛍光灯は、切れかかっていた。

台所兼ダイニングにつくと、京子は鍋を火にかけた。またカレーか、海はため息をついた。これで今月八回目のカレーである。

「皿」

京子が食器棚を指さす。海はリュックをおろして、カレー皿を二枚取りだした。そのまま炊飯ジャーをひらいて、京子好みの固めの白米を皿に盛りつける。だいたいの役割分担はできていた。

「京子さんは、このくらい？」

「ああ、そんなもん」

「今日、仕事は？」

「電話して休ませてもらった」

「あ、ご、ごめんなさい。おれのせいで」

海は軽く頭を下げた。京子はそれを横目で一瞥したが、なにも言わずカレー皿を受けとって黄色い汁を流した。

つくえの上には、一冊の本がしおりをはさんで置いてあった。

「別にいいよ」

海が本に手をのばそうとしたとき、京子が突然口を開いた。海はあわててのばした手をひっこめる。

「ちょうどさぼりたいと思ってたから」

「あ、ああ。最近働き過ぎだよ。京子さん」

「……誰のせいだよ」

「え。今なんて？」

「なにも」

アウトドアで使う簡易的な折りたたみのテーブルに、ふたりはななめにむかい合う形で座った。その位置取りもいつものことで、ふたりの関係性をはっきりと描写していた。正面を切ってむかい合えばお互いがお互いを傷つけるだけだろうと、ふたりは知っていた。

「いただきます」

「いただきます」

かちゃかちゃと、スプーンが皿をつつく音だけが台所に響く。テレビはついていない。かつて海の父親がそれを嫌っていたから。そしてふたりは、それを忠実に守っていた。

「んで、今日はなにしてたわけ？」

「……公園で、不登校の同級生に会って」

「無駄話ってわけ？」

「そんな言いかた」

京子は口を半月状に歪めて笑った。明らかに、それは嘲笑の笑みだった。しかし、深いくまの奥の眼光は鋭い。

「あんたはいつだってそう。昔から、自分とは関係ないところで苦しんでいるひとを助けるのが好きなんだ。正義漢ぶってさ」

京子の厳しいもの言いに、しかし海は反論しなかった。いつものことだ。そう自分に言い聞かせていた。

「しかもあんたがこの時間まで話しこむってことは、女、だろ。その顔は図星だな。あんたの父親もそうだった。だからあんたは母親のいない生活を強いられているんだ。そんな女とつきあってたら、一生を棒に振るよ」

「なんでそこまで言えるのさ」

すこし、強い口調だった。逆らわないようにと思っていても、つい反論してしまう。

「あんたの父親が帰って来るまでは、あたしが親がわりだから。子どもが悪い道に進まないか監視するのは、親の役目だろ？」

京子はそう言って手をのばし、海のシャツの胸ポケットから煙草を奪った。しまった。と思うには遅く、海は反論する言葉を失った。

からからと、壊れた換気扇が笑いだす。夏なのに、ひんやりとした空気がただよう。それだけこの京子、という人間は鋭かった。

沈黙は、京子が奪った「うるま」、県産の煙草に火をつけるほんの一瞬だけ。舌の根が七〇〇度の火種に乾かされても、煙を吐き出すと同時に話をつづけた。

「あんたは情にほだされるやつだから、絶対に変な女に引っかかるよ。過去の経験からも自分でわかるだろ？　と言うか、そもそも中学で不登校生なんてどこかしら問題があるやつに違いないし。は。あたしが言えた義理じゃないか。どうする？　その子がこんな女だったら」

「……麻里は、そんなやつじゃない」

海は冷静に言った。むかい合う鬼の眉がぴくり、と動いたのを、海は見逃さなかった。そしてすこしだけ、自分の言ったことを後悔した。

「ふーん」

不機嫌の証拠を眉間につくったまま、京子はなにかを考えていた。タール17の安煙草をふかし、半分しか食べられなかった夕食に視線を落として。そして、ふいに笑みをこぼして言った。

「じゃあさ、明日、つれてこい」

「え」

「良平たちも呼べ。腕によりをかけて三種ブレンドのカレーをつくってやるからさ」

「どうして？」

「会ってみたいんだよ。あんたが肩入れする人物を。大丈夫だって、本当に一目見てみたいだけだから」

「どうしても？」

「絶対」

ここで京子に逆らえば、どんな仕打ちが待っているかは想像に難くない。海はそう感じて、しぶしぶだが縦にうなずいた。近ごろ良平も「京子さんに会いたい。ののしられたい」としきりに言っていたこともあって、その誘いに乗ることを後押ししたのだ。なにより海自身が、麻里という人物に深く興味を抱いていたこともあるが。

「誘ってはみるけど、麻里しだいだね」

京子は満足そうにうなずいて、今にも折れそうな煙草を銀の灰皿に押しつけた。海も残りのカレーをかきこむ。むせそうになりながら完食した。

京子が洗いものをはじめたので、海は部屋にむかおうとしたが、鞄を持ち上げたときに、つくえの上にある一冊の本が目に入った。

――『永遠平和のために』――

なんて言葉だろう。海は思った。

「この本。父さんのすすめ？」

「ん。ああ、違うよ。店のお客さん。平和と戦争について書かれているみたいだけど、あたしにはさっぱり。でも、読んどかないとあのおっさん後が怖いし」

「父さんから、連絡は？」

洗いものをする手を止めて、京子は振り返った。そして、つとめて優しい口調で海を諭した。

「父さんから？　来てないね。手紙も電話も。まだ、アフガニスタンにでもいるんじゃない？ま、なにがあっても、月末には連絡くれると思うけど」

「そっか」

海の父親は、様々な紛争地帯を渡り歩き、戦況をルポするという風がわりな仕事をしている。ゆえに、戦況によって滞在期間が長引くというのはめずらしくない。

しかし、今回はすこし事情が違う。この国も、ある一部分で戦争に加担しているのだ。そしてそのしわ寄せを食らうのは、ここに暮らす住民たちだった。なぜなら日本の米軍基地の七十五パーセントがこの島に集中している。イラクに向かう兵士も、犠牲になる兵士もすくなくはなかった。海の父親の気合の入りかたも、あきらかに違っていた。

だからこそ、不安になる。ふたりとも今すぐ叫びだしたい気持ちを抑えて、日々の暮らしを営んでいるのだ。あの水平線から悪い便りが届かないことを祈るしか、できることはなかった。

「……今日はもう、寝ちまいな」

「うん。おやすみ」

らせんになっている階段を一周して、海は自室に潜りこんだ。ちいさいころに、ひまつぶしにと父親が買い与えた大量の本に囲まれた、六畳の部屋。まだ夜の八時だ。窓から見える空はほのかに青く、流れゆく雲は早い。

海はリュックを開けたものの、それ以上その手は動かなかった。

「いいや」

今日は休む日と決めた受験生は、着替えもせずにベッドに横になった。両手足をのばしてうつぶせになって、目を閉じた。

そのときふと、普段だったら決して目に入らないものが目に留まって、海は手にとった。ざらざらとした裏の木目が指に触れる。長年同じ場所にいつづけている写真立てだった。「……たしかに」

玄関をバックにしているその写真は、父親と京子と三人で撮ったもので、海と京子が一緒に写っている写真はそれぐらいしかなかった。

「言われてみたら、似ているような……」

買ったばかりのランドセルを嬉しそうに抱きしめる海と、真新しいセーラー服に身をつつんだ京子。写真嫌いの彼女は、髪をうしろで縛って、つり目を不機嫌そうに歪めている。麻里の表情を思い出して、海はふたりの姿を重ねていた。

そして、いつも優しい目をしていたすこし若い父親の笑顔に、海はすこしだけ、胸が苦しくなった。

洗いものを終えた京子は、ソファでビールをひと缶だけ開けて、まどろんでいた。たまの休日も、家事に追われる身を呪いながら。しかし、「休みの日はあたしが家事をするから、お前は受験勉強でもしてなさい」そう言ったのは、彼女なのだ。

「してないだろうな。勉強」

わかっていながらも、京子はとやかく言わなかった。海のことをよく馬鹿にする彼女だが、勉強に関しては彼を信頼していた。

「ガキなのは、あたしのほうだな」

先ほどの自分を思い返して、そんなひとり言をつぶやく。海がだれかを気にすることが、許せない。そんな説明できない黒い感情が、彼女の頭の中でぐるぐると回る。排気ガスのスモッグさながらの、黒い感情が。

重いからだを起こして、京子は冷蔵庫にむかった。扉を開ける。中にビールがもうないのに気づいて、食器棚の下にある買い置きのビールに手をつけた。当然、冷やされていないためぬるく、飲めたものじゃない。それでも京子は、渇いた脳髄を潤したかった。

「……洋」

深い感情が満ちると、彼女は自分にとって唯一父親と思える男の名を呼んで、そのまま台所の隅に座りこんでしまった。両膝を抱えて、顔をふせる。暗闇に目を閉じる。フローリングの床は湿気でべったりとしていて、外気の熱を彼女の足に伝えた。

翌日。海が教室に入ると、いびきをたてて寝ている男がひとりいた。やれやれまたか、という感じでため息をひとつ。海はその男の隣の席に腰を下ろした。

——白目によだれは見苦しいぞ、友よ。

しかし、海は疲れて寝ている友人を叩き起こすほど野暮な人間じゃなかった。つまるところ、周囲の人間の評価よりも彼がこの短い時間にどれだけ休息がとれるのかが大事だ、と海は感じていた。

その彼、小禄良平《おろくりょうへい》は、短髪のオールバックで、とび職人がつけるようなすその広いズボンをはいている、見た目は不良そのものだが、早朝に新聞配達をする勤勉な青年だった。飲んだくれの父親と遊び呆ける母親のかわりに、幼い妹の世話と家計を支えているのだ。ほとんど不登校児だった彼がいやいやながら学校に通うのは、周りの友人に進学を勧められたからで、その一端を海も担っていた。なので、彼の寝相ひとつの黙認ぐらいは、たやすいものだった。

海の席は窓際の前方二番目。西向きの窓なので、この時期は午前中の強い日差しが避けられるのはありがたいことだった。海は鞄を足元に置いて、窓の外に目をやった。ジャングルのような林のむこうに、西にむかってのびる一本の飛行機雲が見えた。

——あの国まで、つづいているのかな。

「おはヨーロピアンブレンド」

声を掛けられて、海は振り返った。予想通り、赤毛の女子生徒が立っていた。

「朝から寒いな」

「ひどいなー。昨日の夜から考えてたのに」

熟考してそれか。と海は思ったが、声にはださなかった。女生徒は海の前の席に座り、革の鞄を抱えたまま、彼のほうをむいた。

剛小蝶《カンシャオディエ》は名前こそ中国名だが、生まれも育ちもこの島で、正真正銘の日本人だった。いつも寝ぐせ頭の赤毛をぶら下げていて、オヤジギャグを思いついたら言わずにはいられない病気にかかっている。海の周囲の女性では、一番女の子らしい女の子だった。

「昨日は、用事があるとか言っておいて、良平とデートしてたのか？」

「うっ。京子さんだなー。もう」

あれは違うの。と、小蝶は身を乗り出して身振り手振りをいれて釈明する。

「明日倫子ちゃんが遠足だから弁当をつくらなきゃいけなくて、それで良平に頼まれて」

「なんだよ。それならそうと言ってくれればいいのに」

早口でまくしたてる小蝶が話し終わる前に、海はそう言った。気の弱い小蝶には皮肉に聞こえたようだった。

「ごめんね」

「いいって。ま、そのおかげでめずらしい人物と会ったからな。あ、そうだ。今日は公園、来れるだろ？」

「うん。別に予定はないし、いけると思うけど。……その、だれと、会ったの？」

「秘密」

「もー。教えてくれてもいいじゃない」

小蝶は両足をばたつかせて、抗議の声を上げた。しかし、彼女をからかうのが数すくない趣味のひとつである海は、決して教えようとしなかった。

小蝶は怖がっていた。卒業まであと八か月。この三人のバランスが崩れるのを恐れていた。それが、卒業したらどうしようもなく変化するものだとわかっていても。

麻里は思った。わたしは、なんて馬鹿なんだろう、と。セーラー服を身にまとい、学校に行くふりをして、ひたすら公園で時間を潰す。それが有意義じゃないことは彼女もわかっていた。けれど、どうしても足はむかない。廊下で笑いあう女子生徒とすれ違うだけで、自分が笑われているのではないか、そう考えるように彼女はなっていた。頭ではそんなことはないと理解していても、教室の片隅におかれた机の縦横約一メートルの範囲しか、息がうまくできる場所がなかった。墜ちてしまえ。燃えてしまえ。こんな場所。その言葉をひたすら心の中で繰り返し、麻里は許される鐘を待ちつづけた。

麻里には、兄がいた。彼女の唯一の理解者でもあり、戦争神経症に冒された父親のかわりでもあった。しかし、今はいない。仕事で遠く異国の地、イラクに行ってしまったのだ。母親は三人目になる。彼女とは血のつながりはない。それは兄も同じなのだが、なによりその母親は、麻里に興味がなかった。麻里にとって彼女は、すっかりジャンクになってしまった父親の機嫌をとるだけの生物であった。唯一ガス抜きができる話し相手を失って、麻里は途方に暮れていた。それからだった、彼女が街をさまよい歩くようになったのは。そして、水平線の見える公園を見つけて、そこで過ごすようになった。あの空のむこう側から、兄が帰って来ることを祈って。

昨日、同じ中学のそれほど仲よくない男子生徒に声を掛けられた。そして今日、その彼の友達と一緒にバスケットをすることになっている。知り合ったばかりの彼が、まだ知らない友人を連れてくる。それは魅力的な話でもあったが、麻里にとっては恐怖でもあった。彼女は今までの人生で、良好な人間関係をつくれたためしがなかった。それは、だれだってそうなのだろう。しかし、日本人の中にいては傷つけられることの多かった彼女には、他人が怖くてしかたなかった。仲良くなったつもりなのは自分だけで、また傷つけられるのではないだろうか。そんな疑念が、消えなかった。

「でも、期待してる」

ぽつりと、本音がこぼれた。なぜかあの男子生徒には、期待している自分がいた。不安で不安でしかたなくて、今すぐここから立ち去りたいのに、しっかりと着替えまで用意している自分がいる。素直じゃないな。麻里は苦笑した。彼の温かくやわらかな物腰に早く触れたい。そんなはじめて知る感情が、彼女をその場所にとどまらせていた。

月桃の葉が風にかおる。緑色の絨毯からバッタが顔を出して、麻里のローファーに飛び乗り、草むらに消えた。うだるような昼下がりだった。

氷のような女だな。京子が麻里に抱いた第一印象は、そんな言葉だった。冷たくて、鋭くて、その実とけやすくて、もろい。京子自身も冷たい人間だと言われるが、冷たさの種類が違うと思っていた。

「本はよく読むの？」

「え、あ、はい」

麻里がリビングに置かれた小さな本棚を覗きこんでいたので、京子は尋ね、正座する麻里の隣に腰をおろしてあぐらをかいた。

「どんなのが好きなの？」

「そうですね……。最近は、中原中也とか」

「まじ。あたしもよくわからんのに」

「わたしも解説を読まないとわかりません」

「ふーん。ゲームはしないの？」

海と良平は、女子ふたりをそっちのけにして、今どき古いカセットゲームに熱くなっていた。

小蝶はソファに腰かけて、ふたりの様子にくすくすと笑っている。

「げ、また貧乏神かよ！」

「あと何年？」

「四十二年」

「まじか！」

麻里もその白熱ぶりを見ていたが、京子にむき直って寂しそうに、「やったことないから」と言って笑った。食事中も見せなかった笑顔は、悲しい言葉と出てきた。

「あんたも笑うのがへたなひと？」

「そうかも、しれません」

「ふたりして小声でなんの話ですか？」

小蝶があいだに割って入る。

「べつに」

京子が嘯く。

「もー。なんで海も京子さんもお父さんも、この家のひとはわたしに厳しいの？」

「あたしはともかく、男ふたりはあんたが困っている姿が見たくてしかたないんだよ。あいつら変態だから」

「ぷ」

麻里が口をおさえた。公園で遊んだときの顛末を、思い出してしまったのだ。

「あ。麻里ちゃんまで。ひどいー」

「しかたないよ。あんたはそういう星のもとに生まれたんだ」

京子がふざけた笑顔で小蝶の肩を叩いた。めずらしいことだ。酒は入っていない。

「どういう星のもとですか！」

麻里は肩を震わせていた。これほどまでに楽しい一日は、久しぶりだったから。うまく笑えない彼女たちの夜がふけるのは、早かった。


「さ。乗った乗った」

「じゃあな海」

「また明日ね」

やがて日づけをまたごうとしていたので、京子がドライバーをかって出た。別れの言葉も散り散りに、みんなは海の父親が苦労して修理した、古い日本車に乗りこんだ。

「うい。麻里も、またな」

「……うん」

麻里は素直に頷いた。海の顔をまっすぐには、見られなかった。麻里は今日一日で、それぞれが抱く感情が、すこしわかったから。それでも、また一緒に遊びたい。麻里はそう思っていた。

「麻里の家は？」

空いていた助手席に麻里が乗りこむと、京子はもうシートベルトをして、ＣＤを選んでいるところだった。

「あ、ゴルフレンジの近くです」

「じゃあ、麻里、良平、小蝶の順で」

コピーＣＤなのだろう、銀色のディスクをカーステレオに挿入して、京子はギアをいれてアクセルを蹴った。古い車独特の堅い足回りが、砂利を蹴って動き出した。

「へえ」

麻里が嘆息する。

「なに？」

「いや、かっこいいですね。この、曲」

「素直じゃないよね、あんたも。浅川マキの〈ガソリン・アレイ〉って曲よ。今度貸そうか？」

ああ、とか、ええ、とかそんなあいまいな返事を麻里は返して、バックミラーを見た。もうちいさくなった海が、右折して見えなくなるまで、手を振っていた。


「じゃあ、ありがとうございました」

「小蝶。ちょっと待って」

逃げるように出ようとした小蝶に、京子が待ったをかける。ばつの悪そうな表情で、小蝶は再びシートに腰を落ち着けた。

「まだなおってないの」

悪い癖。小蝶には言葉のつづきがたしかに聞こえた。京子は小蝶の右手をとって、黒いリストバンドをずらした。小蝶は抵抗しなかった。

赤いみみずのような線が、包帯の上からでも見てとれた。京子は眉間にしわをひとつよせて、なにも言わずにそっと戻した。

「やっぱり、わかります？」

「あのあほふたりが気づいているかは、わかんない。けど、自分のからだは自分で管理するしかないよ？　だれかがいたわってくれても、他人には止めることはできないんだから」

小蝶の目に、うっすらと涙が浮かんできた。それを見られたくなくて、彼女は深々と頭を下げた。

「ごめんなさい」

「謝るならやるな」

「はい」

「は。じゃあね。また遊びにきな」

「はい」

ぎっ、と嫌な音がして、扉が開く。後ろ手に閉めようとした小蝶は、なにかに気づいたかのように、車内にまた顔を出した。

「京子さんもですよ。もっと食べて太らないと、そのうち倒れちゃいますよ」

京子は目を丸くしていたが、肩ごしに小蝶に笑いかけて「わかったよ」と言った。

それから一週間。ほとんど毎日、四人は公園に繰り出してはバスケットをしたり、くだらない話をしたりして、時間を潰した。

「この一週間足らずで、麻里のやつバスケうまくなったと思わないか？」

「ああ、たしかにな。もともとの資質か？」

ふたりは知らない。みんなが学校でつくえにかじりついて勉強しているあいだ、麻里が兄の部屋から持ち出したボールで練習していることを。そして、そのボールが自分たちのもたれているトイレの屋根に隠されているということを。

麻里と小蝶が動くたびに、スニーカーのゴム底が、キュッキュッと小気味いい音を立てる。海は煙草に火をつけてから目を閉じ、その音に耳を澄ませた。

靴とボールの、まるで曲のような音のやりとりがつづいたあと、ボールがリングをくぐった音がした。海が目を開くと、麻里が右手をちいさく上げてガッツポーズをしている。

「まじかよ。はじめてから一週間で小蝶に勝ちやがった。これはおれたちもうかうかしてられないな。ブラザー」

麻里は笑っていた。純粋に、嬉しそうに。

はじめは大人びて見えたけれど、その笑顔は年相応にしか見えない。海はそう思った。

「もしもしもしもし？　聞こえてますかー」

「ん？　ああ」

「けっ。見とれやがって」

そう毒づきながらも、良平もふたりから目を離せなかった。逸らすことなんて、できなかった。

西日が雲の切れ間から帯のように流れ、ふたりを照らしていた。彼女たちは汗を落とし、息も切らしながら、しかし今咲いた花のように笑っていた。風が吹いて、うなるような地鳴りとともに、高く飛ぶ戦闘機がその表情を曇らせるまで。

「なあ海。この街には別名があるんだ、知ってたか？」

突然、良平が言い出した。

「なんだ？」

「昼と夜の境。現実と幻想が重なる一瞬の時間。それが夕暮れ。で、この街は夕暮れ時が一番きれいだ。だから、黄昏《アコークロー》の街。ってそう呼ばれているらしい」

「黄昏《アコークロー》の、街」

「ああ。じいちゃんの受け売りだけどな」

「……おじいさんは、元気か？」

「ああ。まあ、ぼちぼちな」

「そうか」

「ああ」

生きていることの中に、充足を知りつつあった。助けあうことで、互いの弱さがわかった。憎みあい、殺しあいの世界に、彼らは必死に生きていた。やがて青空は戻ってくると、素直に信じていた。しかし悲しいことに、それは台風の目だった。やがて巻き返しの暴風がやってくる、それが確約された静けさだったのだ。

境界線上の子どもたち

麻里は、西の街にやって来ていた。観光街を過ぎた住宅地は、富裕層がほとんどを占めていて、白人と一部の黒人、そして立ち退きを拒否したこの島の人間がわずかに住んでいる、〝宮城コースト〟と呼ばれる地域だった。

ふたつの民族の血をひいておきながら、半分《ハーフ》という言葉に縛られた彼女は、ここは自分の居場所ではないと感じていた。それでも、行きたい場所があった。

七時半。その場所は夕日を待つさまざまな男女でにぎわっていた。海岸線上の、防波堤。グラフティが描かれた通りの一角に、その場所はあった。ただ、たくさんのひとの名前が、アートなんて言葉とは無関係な書体で並べられている。みんな、麻里の兄の同僚だった。

「安らかに、お眠りください」

花も線香もないけれど、彼女はその前で手をあわせた。騒がしいぐらいの雑踏と、遠くに光るネオン管が、麻里の身には苦しい。

その行動は週に一回、もう三か月におよんでいた。

麻里は知っていた。悪いのは、どちらの兵士でもない。どちらも、未来、つまり子どもたちのためと戦ったはずだ。一部の特権階級の人々が、その想いをいいように食いものにしているだけだ。しかし、自分はなにもできない、やれるのは祈ることぐらいだ。そんな想いが、海とはじめて会ったときの彼女に、あんな言葉を言わせたのだろう。

サイレンが横切る。報道からなのか、情報からなのか、はたまた暴風からなのか、爆音を伴う快楽からなのか、だれもかれもがストレスを抱え、意図せずともこの島を汚した。

目を開いて、麻里は立ち上がった。早くそこから立ち去りたかった。祈りはささげたいが、その空間にいつまでも自分を置いておくと、おかしくなってしまう気がしたから。

「熱心ね。メアリー・ジェーン・フイッシャー。神はそんなあなたを見ているわ」

麻里のななめ前から、首筋をなぞるような声が飛んできた。

「……杏」

「ちょっと！　わたしがフルネームで呼んだんだから、あなたもそうしてよね。わたしが馬鹿みたいじゃない」

「……意味がわからない」

「ひさしぶりに会うんだもの、格好つけるぐらいの演出はあっていいじゃない。それにしても懐かしいわ、何年ぶりかしら？」

「今年の正月に会ってる」

「あらそう」

くるくるパーマの、黒ぶちめがね。ひとを食ったような口調に乗せる軽口。すべてを見下した目つきに、楽しんでいるような態度。麻里は、この世でもっとも天敵だと思える人物に出会った。

「はいはい。で、なんの用かしら。メアリー・アン・フィッシャー」

「ふふ。あいかわらずつれないのね」

防波堤から降りて、麻里に歩み寄る。ヒールがコンクリートを蹴るたびに、こつこつとリズミカルな音が奏でられる。

「そこにお兄さんの名前があるのかしら？」

「あるわけない！」

「あら、ごめんなさい。ふふ。そんな形相でにらまないでよ。同じ名前を持つもの同士じゃない。怖くてふるえちゃう」

遊んでいる。麻里は思った。

フィッシャー家の伝統のひとつに、〈長男にはトミーを。長女にはメアリーという名前をつける〉というのがある。麻里は自分と同じ名前を持つ、いとこの彼女が心底嫌いであった。それは、何事にも比較されてきたからだ。ひとに媚びを売るのが得意な杏に対抗するために、勉強を頑張っていたと言っても過言ではなかった。麻里がいい点を取るたび、杏はひとつ、大人に取り入るすべを学んでいった。

「仕事、してみない？」

麻里はその言葉に、ああ、あんたはそんなところまで成り下がってしまったのね。と思い、無視して立ち去ろうとした。終生の好敵手は、都合のいい女になってしまったと、そう感じていた。

「剛小蝶。知ってるよね？　どんな関係なんだろう。教えてよ。彼女について知っていることすべて。あなたが家を出る手助けぐらいは、やってあげるから」

まるで歌うように話す女だ。麻里は思った。そして、自分の最近から近しくなったひとの名前を上げられて、不愉快だった。ジェーンでもメアリーでもなく、麻里と呼ぶ彼らのことを、好きになりつつあったから。

「わたしはだれがなんと言っても兄を待つ。そして得体のしれないことに友だちを巻きこむ気はない」

その日は東シナ海から吹く風が強く、砂浜に打ち寄せられた波はテトラポットに跳ね返って引いていった。

「ふーん。ふふ。そう。だったら、気が変わるかお兄さんの訃報が届いたら連絡してね。実家につないでくれたら、携帯の番号、教えてもらえるから」

「な！」

「ふふ。怖い怖い。じゃあ。さようなら。あなたの心の想いが神のみこころにかないますように」

高笑いが夕焼けに響いて、遠ざかっていった。麻里は、なにがなんだかわからないうちに囃し立てられ、怒りがわくのを感じた。杏を、真剣さのかけらもない女だと思った。

（許せない！）

痛いほど握りしめたこぶしは、彼女の手のひらの上にいくつも、爪あとを残していた。


「よう」

「おは用水路」

良平は驚いた。まだ日の光も差さない朝の新聞配達。半分以上を配り終えて、最後のまがり角を曲がったとき、小蝶がパジャマ姿のまま家の軒先に立っていたのだ。

「はい。新聞」

「ありがとー。はい、これ」

良平の目の前に差し出されたのは、真っ黒なコーヒー缶だった。ときどき二度寝をしては学校に遅刻する彼への、小蝶からのささやかなプレゼントだった。

（嫌みじゃないんだよな、こいつの場合。）

良平が苦笑する。

「サンキュ。それにしても、朝に弱いくせに今日は早起きなんだな」

「うん」

小蝶は軽くうなずいて、そして、言うつもりはなかった言葉が突然口をついて出た。

「寝てないのー」

「……そうか」

彼女の頭をぽん、と軽くたたく。良平は優しい目をしていた。すこしだけ、小蝶はからだが軽くなった気がした。同時に、すくなからず好意を抱いてくれている相手に、そんなことを言う自分はなんてひどい人間なのだろうと、自らを恥じた。

「早めに学校に行って、すこしでも寝ろ」

「うん」

「じゃあ」

良平は風を切って走り出した。すこし、朝は青みを帯びていた。

どうしようもない憤りというのは、たしかにあるものだ。朝っぱらから、浴びるように酒を飲む父親も。用事があると言いながらめずらしく化粧をする母親も。いまだ通学路が覚えられず、誰かが迎えに行かなければ家に帰ることのできない妹ですらも。ときに良平の気分を暗くさせ、ささくれだった心をより固くとがらせる。

良平は学校の裏山、と呼ぶにはちいさい林の中に入り、校舎から見えない死角に腰を落ち着けた。からだじゅうのポケットを探り、カバンを漁る。しかし、彼の求めているものはそこにはなかった。

「このまま登校するのか。煙草を買いに行くのか。買いに行ってから登校するのか。久しぶりにそのままどっかにいくのか」

指を折って選択肢を並べてみる。しかし、彼の中で「登校する」という最初に出てきた選択肢は、一番嫌なものだった。彼は、嫌なものを先に並べる癖があった。

「良平。なにしてるのー?」

「わっ!」

「そんなに驚かないでよー」

振り返ると、そこに小蝶がいた。

「いつからそこにいた?」

「カバンをひっくり返してたあたり?」

「声かけろよ」

「ごめーんごめん。いやー、すっと路地に抜けていく良平が見えたからー、ちょっと尾行を」

人差し指と親指でちいさい空間をつくって、小蝶が笑いかける。良平はようやくすこしだけ明るい気分になった。が、重たい腰は隠せなかった。

「さぼりー?」

「うーん。うん。さぼりー」

「だめー」

「むりー」

あーあ。わざとらしい声を上げて、小蝶も隣に座った。彼女はなにも言わずに、ただ、彼のそばにいた。

「良平のおかげで、ちょっと眠れたよ」

「そうか、そりゃよかった」

蝉の鳴き声が響き渡る。たった一週間、その生命のために呼びつづける。その命をささげられるだれかを。時間の流れが違うだけで、それは人間の人生と同じなのだろう。

ふたりは、そうしてそこにいつづけた。触れそうで触れないお互いの針。どちらかが通り過ぎ、そしてどちらかが避け、ほんの一瞬しか交わらず止まることがない、時針と分針のようだ。その手や唇が触れ合うことはなく、やがて夕暮れを呼び寄せた。それはどこまでも、悲しい追いかけっこだった。


「人生は、他人のために生きてこそ価値がある」

麻里は得意げに人差し指を立てて言った。

「だれの言葉?」

「偉大な発明家で、殺戮兵器を思いがけずつくってしまった、哀れな偉人よ」

ふーん。あまり興味がなかったのか、海はそう言ったきりだった。

「……海がそんな感じだって思って言ったの」

麻里が言う。海はわからない、といった表情でたずねた。

「おれが?」

「うん。わたしといても楽しくないでしょ?」

「そんなこと……」

「ほら、言い切れない」

良平も小蝶もいないせいか、ふたりの感情は噛みあわず、こんなすれ違いを何度もつづけていた。

橙色に染まった丘はやがておとなしくなり、かわりに西の街が活気づこうという時間。お互い、帰りたくはなかった。彼らにとって、世界のすべてはここにあった。家は、家なのだ。家は外には開かれていない。内なる愛情に枯渇した彼らは、どうしても安息の地を外に求めてしまうのだ。

「もし、麻里がそう思うのなら、そうなのかもしれない」

六時の鐘が鳴って、公園で遊んでいた肌を焼いた子どもたちもいなくなったころ、海が沈黙を裂くように言った。それからは、感情の吐露であった。

「ちいさいころから仲が良くて、小学校まで一緒にいたやつがいたんだ。それこそ毎日遊んでいた。旅行にも行ったたし、秘密基地をつくったり、学校のプールに一緒に泳ぎにいったりした。けれど、むこうが親の都合で引っ越すことになって。……すごく幼い、引っ越しの意味すらもわかっていない彼女に、おれはひどい言葉を投げつけたんだ。ただむげに彼女を傷つけただけで、どうなるはずもないのに。それから、なんだろうな。別れるのを前提で出会うってわけじゃないけれど、いつか必ず別れが来るなら、その対象がだれであってもそのひとのちからになってやりたいんだ」

胸をつかまれる。と言うが、麻里は本当に自分の心臓が止まった気がした。それは、恋なんて生ぬるい感情ではなかった。嫌悪と嫉妬。そして羨望と愛情。どす黒い波。

「やめて！」

海は驚いた。麻里が叫ぶのははじめてだったから。そしてその声色の中に、どうしようもない自分への想いが伝わってきた。複雑に入り組んだ都会の迷路のような、交差したさまざまな想いが。これ以上なにかを言うと、お互いを傷つけるだけの気がして、ふたりは口をふさいだ。大空を駆る黒い影は、流されていく雲を切り裂いてちいさな点となって消えた。

彼らの距離はこぶしひとつ分しかなかった。けれど、傷だらけの心を見せ合うほど大人にはなれなかったし、社会や文明というもののつくりだした害悪が、素顔を忘れさられるほどに分厚い雲となって、ふたりの本音をおおい隠した。

国境なき少女

魔女が内地から帰って来た。

スナックに出勤した京子を待っていたのは、そんな一言だった。目の前が真っ暗になる、とか言うが、本当にそんなことあるわけがない、と京子は考えていた。しかし、まるでボクサーが言う〝あご先をかすめるフック〟とでもいうような衝撃に立ちくらみ、しばらく立ち上がれなかった。

「疲れてるのよ。ゆっくり休みなさい」

「はい、すいません」

「夏風邪だからって油断してちゃだめよ、安静にしてなさい」

「はい」

「よかったら、晩ごはんつくりに来てあげようか？　そんな睨まないでよ。冗談冗談。海ちゃん、お父様ほどではないけれど男前になりそうだし、うちの子たちからも評判いいのよ。一度連れてきておいでよ」

「はい。いずれ」

じゃあね。と言って、スナックのママが運転する外車が走り去っていく。京子はようやくちからを抜いて、玄関へと入った。

「は。悪趣味なんだよな、あのババア。車から男からなにからなにまで。ああはなりたくないね。まったく」

玄関を入ってすぐに、京子の部屋はある。廊下が軋むので、夜にこっそり抜け出そうとしてもすぐに気づくだろう。しかし、海は一度もそんなことはしていない。不健康なやつだ。京子はそう思った。

汗をかいたので、Tシャツだけ着替えようとした。ふと、下着姿になった自分が鏡に映ったので、京子はタンスにのばされた手を止めて、鏡を見た。細く、弱弱しい腕。浮いたあばら。

「よう。相変わらずみすぼらしいな」

彼女はシニカルに笑って、さっさと着替えて部屋を出た。背中は見ないようにした。

台所で缶ビールを開けると、その場で一本飲み干して、二缶目のビールを手に外に出た。靴下を履いていないのに気がついたが、京子はもうこの数メートルの距離を戻る気はなかったので、島ぞうりをはいた。外に出て数歩進んだところで、京子の背中に寒いものが走った。ゆっくりと、振り返る。

――海は……、寝てるな。

まず目についた二階の窓を確認して、さっきの悪寒はなんだったのかと振り返ろうとした。そのとき、強いちからに引きよせられて、再び振り返った。目が、あった。

――月が、赤い。

めずらしいことではない。年に数回。この季節には見られる、赤い月。しかし京子の中では、もう、すべてがひとりの人物につながる。そう。魔女だ。

重たい頭と足を引きずって、唯一勝てないと感じる相手のもとへ、京子は歩き出した。

魔女の住んでいた御殿は、とうの昔になくなったらしい。今は中の中くらいのまことまっとうなサイズの家に住んでいる。それは、街灯ひとつないしんとした闇の中にたたずんでいた。鬼瓦、とも呼ばれるしっくいで固められた瓦屋根。広い前庭に、これでもか、というほど草花が敷きつめられていて、昼間は地上の楽園かと思える。しかし、夜中に見る緑の壁のツルは、住んでいる魔女のイメージと重なって、京子にはひどく不気味に見えた。

電気が点いていなかったので、出直そうと京子が一歩下がったとき、居間の電気が数回瞬いてから、光を点した。

「さすが、魔女」

ちくちくと、足の裏にささる芝生の露を感じながら、京子は玄関に歩み出た。そのとき、すりガラスごしに人影が見えて、それが開かれると同時に元気な声が飛んできた。

「きょーこ！」

それは、扉が開かれる前に発せられた言葉だった。おいおいお前らは超能力者か、それとも本当に魔法が使えるのか。なんて疑念を飛び越えて、京子は驚いた。

「空！」

「そらだよ！　きょーこ。ひさしぶり！」

空。と呼ばれた少女は、満面の笑顔で京子をちからいっぱい抱きしめた。両腕をふさがれて痛みに顔をゆがめる京子は、魔女が帰ってきたのは彼女のためなのだろう。理由はわからずとも、そう思った。

「いてててて。空。痛い」

「おばー！　やっぱり。きょーこ！」

空は射られた弓のように、京子の手を強く引いて中に招く。転びそうになりながらぞうりを脱いで、ふたりはどたどたと居間にたどり着いた。

「ああ。座んなさい」

低く枯れた声。しかし強い。拒絶はゆるさない態度を持つ。これがちいさな老婆から発せられた声なのか。京子は身震いする。

「謝花春《じゃはなはる》さん。お久しぶりです。しばらく姿がお見受けされなかったので、どうされたのかと心配しましたよ」

「ここにはあれしかいないんだ。そんな言葉はいらないよ」

老婆は言い切って、枯れた枝のような指がつくえをはって、煙草の箱を拾い上げた。彼女は焦らない。すべてはゆっくりとした動作で行われ、深い紫煙がひびわれた唇から流れた。煙草を挟んでいる左手に指輪はなく、その甲にこの地方独特の刺青が、既婚者であることをあらわしている。

「どうしてたんですか？」

京子は、最低限の敬意ははらいつつ、口調は友人と話すときのそれに戻った。京子は気がつかなかった。老婆の細い目が、深い感情に満たされたことを。

空は久しぶりに京子に会えて終始笑顔だった。落ちつかない様子でそわそわと、ふたりの顔を交互に見ていた。が、突然思いついたように紙と色鉛筆を持ってきて、台所の床でなにか書き出した。

その様子を見ていたふたりは、ようやくほっと胸を撫で下ろして、話しはじめた。

「……なにから話そうかね。あれが母親に連れられてから、何年になる？」

「もう、五年、になりますか」

「五年」

くり返すその〝五年〟という言葉も老婆のものと自分のものとでは重さが違うのを、京子は感じた。

「この老いぼれは反対したのさ。ジャーナリストだかなんだか知らないが、あの男についていっては、不幸になるとね。……話の顛末は、本人から聞いたわけじゃないのだが……」

老婆は言いよどんで、深く思索するうちに灰が落ちた。灰皿に燻したかと思うと、立ち上がり、台所から飲み物と紙コップを持ってきた。長い話になるのだろう。京子は思った。

「あの女は、あれに充分な教育もさせず、男とも別れ、それはすさんだ生活だったらしい。自分の娘ながら恥ずかしいよ」

老婆はそう言って、覗きこむような目で京子を見た。それは皮膚や血や骨や臓器を飛び越えて精神を見ている。そんな印象を彼女に与えさせ、怯えさせるには充分であった。

「……」

「……そして、新しく男をつくったとき、あの女にも学習するちからがあったのか、あれを放り出して蒸発したらしい」

「空を、捨てた？」

老婆は黙って肯定する。その事実には、京子も愕然とした。こんな子どもをおいて？

事実、そのあと老婆の口から発せられた情景は、京子の気分をより一層悪くさせた。

壁一面に描かれた真っ赤な絵。からっぽの冷蔵庫。台所で干からびていた淡水魚。粉々に割られた窓ガラス。いたる場所にしたたる血。そして、ひっかき傷だらけでうずくまる少女。かじられて、半分なくなった赤いクレヨン。通報をうけた役員が見た光景を、寸分の狂いもなく老婆は告げた。

台所の床で、空は鼻歌まじりに絵を描いている。昔から、彼女はそうだった。彼女を唯一外の世界に連れ出せる人間は、彼女と対になる名前をもつものだけだった。

「きはつよい。かぜをうけとめます。ねをはやしてむしやとりをまもります」

うわごとのようにぶつぶつとつぶやいたかと思えば、歌を歌い、しかしその手は休まることを知らない。壊れているという言葉では片づけられないほど、突発的な行動や言動。だが規則正しい生活。それは、まず交わることはない。

「らん。らんらら。らん。らんららん」

狂ってる。京子は思った。そして彼女が成長すればするほど、その姿と態度が不釣り合いになる。しかし、それを超えて突然発せられる、まるですべてを悟ったかのようなまっすぐな言葉。それこそ意味があるように思えた。京子にとって、魔女の孫は天使か、そうでないならあの世の使いにすら見えた。

「それで、どうしたんです?」

話をつづける前に、老婆はお茶に手をつけた。まだつくりたてでぬるく、ニコチンとタールで汚されたのどに、じんわりと染みこんでいった。

　それからしばしの沈黙を破ったのは、京子だった。

「養護施設に入れるとか」

「そうさな。それも考えた。けれど、あれはあれでも孫だ。最初会ったときの目の暗さには、目頭が熱くなったよ」

　老婆は思い返すように目を細めた。

「それになにより、神谷のところのぼうずに会う、とこちらの話を聞かなくてな」

　京子は沈黙する。予想通りだった。ふたりは、どうあっても引き合う運命なのか。と。

「自分の人生の残りすくないのだけが、気がかりだよ。心配さ。幼いまま歳をとっていく孫娘が、未来を生きていけるのかがね」

　だからといって、海に押しつけるんですか。京子はのどまで出かかった言葉を、たまった唾液と飲みこむ。しかし、魔女はそんなちいさな心の機敏さえ、見逃してはくれない。

　その視線を、空にむける。話が終わったのかと思った彼女は、短い距離を駆けてきて、京子の目の前に一枚の絵を差し出してきた。

「きょーこ。かいた」

　京子が手に取ると、空は彼女のひざに寝転んだ。嬉しそうな笑顔で、その腕を京子の胴に回す。

「上手だね」

空の絵は一言で言うなら、自由だ。中央に京子だろうと思われる人物。その周りに、煙草や紙パックの飲み物と思われるものが描かれているほかは、なにもわからない。樹木のようにも、色の暴力にも見える。けれど、彼女の描く人物は、なぜか京子を懐かしい気持ちにさせた。

優しい気持ちにあふれた笑顔の、自分。今は、きっとそんな表情はしていないのだろう。それでも、彼女にはわかるのか。京子は、目の前にいる子どもが、じつはとんでもない可能性を持っているのではないかと思った。ふいに、目の奥が熱くなる。

そして、京子はしばらく考えてから言った。

「本人に話して、本人に決断させます」

頭を下げる京子。敗北感は薄かった。どこかでこうなるだろうと、わかっていたからかもしれない。老婆はすまなさそうに、静かに目をふせた。

スナックのトイレで、京子はため息をついた。やっかいな客がきていたのだ。彼の名は、宮古昇。やれどこぞの幹部だとか。やれなになに派だとか。黒いうわさの尽きない男であった。しかし、彼女を悩ませていたのは、ただ苦手とか嫌いとかそんな単純な想いではなかった。

ドレスのまま、便座に座る。なんでここのトイレは灰皿がないんだ、とか。めずらしくはりきって着飾ったときに限ってなんであいつが来るんだ、とかそんなことを思う。視界に入ったり消えたりするコバエをうっとおしく思いつつ、目で追いかける。ポーチから取り出した銀の携帯電話。ディスプレイの表示を確認して、気合を入れて重い腰を上げた。

店内は、もう満員だった。ここは一応スナックという形式だが、ほとんどキャバクラのようなもので、身元不明の十代も働いていたりする。煙と笑い声、だれかが歌う、うまくもへたでもない歌声とが飽和する。床にこぼれたビールを踏むと、ぬると不快な感触がして、彼女の頭痛をよりひどくさせた。

「あれ。もう帰るんですか？」

京子が宮古昇に声をかけた。

「ああ。用は済んだからな」

「そうですか」

若白髪をオールバックにして、高そうな黒いスーツをぴしっと着こなしている。同じ色合いの口ひげが動くと、すべてを吸いこみそうな低い声がした。昔喧嘩で負傷したという右目は、真横を向いていてほとんど見えていないらしく、彼は顔を斜にして左目で相手を捉える。京子は、その姿を不気味に思う。

「宮古さん。今日は非番なんですか？」

「ああ」

「仕事が終わるまで、まっていてもらえませんか？　あと一時間ぐらいなんだけど」

まるでブラックホールのような闇が、京子の顔をのぞき、そして刻むように笑った。

「ふ。ふ。ふ。お前から誘われるとは、どういうことだ？　……まあいい。車で仮眠でもしている」

ぺこりと京子は頭を下げ、そしてぱたぱたと席に戻った。まるで思春期の少女のような、複雑な表情だった。

「宮古さん。もうお帰りですか？」

支払いの際、カウンターに立つママが昇に声を掛ける。上客で、そして黒いうわさの立つ男。彼女の声は上ずっていた。

「うちのがなにか失礼なことでも？」

「……客商売は、相手の心の内を読むことだ」

「ええ、本当に」

愛想よく、相づちをうつ。

「あなたに言っているのですよ」

長財布から一万円の束を取りだしてカウンターに置き、笑顔をむけて、昇は店を出た。

しっかりとした足取りで、車にむかう。彼は浴びるほど飲んでも酔わなかった。近くに停めてある黒塗りの車の窓を叩く。それは、彼のものではない。

「……どう、でした？」

「ああ。お前の出番はまだまだ先だな。帰っていいぞ。おれは車内で仮眠する」

運転席にいる男は、帽子を深くかぶり、夏だというのにTシャツの下にアンダーシャツを着ていて、薄手のネックウォーマーは鼻の上まで上がっている。露出しているのは、耳と目、あとは手ぐらいだった。

「……お疲れ、様でした」

「ああ」

男は車を降りて、停車している隣の軽自動車の助手席に乗りこんだ。運転席には、ブラウンの肌の女性が乗っている。彼女は、昇にウインクをした。昇は一瞬目を丸くして、すこしだけ微笑んだ。それが、親愛のものではないことがわかったから。

車が走り去ると、昇はシートを倒して目を閉じた。店のガードマンの視線には、気づかないふりをした。

――さて、どう出るかな。

彼があの店に赴いたのは、京子に会うためであった。それは、甘い理由ではない。

「ふ。ふ。ふ」

頭の中に、将棋と囲碁とチェスとオセロの盤を並べるように、彼はさまざまな思索のつぎの一手を考える。楽しそうに。対向車線のライトは、希望ではない。

窓が叩かれる音で、昇は目を覚ました。仕事を終えた京子が、街灯を背に立っていた。鍵を開けて、エンジンをかける。

「よくこんな熱い中で眠れるね」

「ん。ああ。だな」

「熟睡してたよ」

「警備員さんが見守ってくれていたからな」

皮肉を言って、昇は車を動かした。

ラジオからは〝中央ターミナル〟が流れている。オレンジに光る街の明かりを抜けて、車はひとけのない近くの海辺に流れ着いた。

沈黙の中、京子は覚悟をしなくてはいけなかった。自分というものをひとつ、相手に伝える覚悟。自分というものをひとつ、理解する覚悟。

昇が、京子を見た。それは言葉よりもわかりやすいきっかけになった。彼女の瞳はじんわりと濡れて、隠すように目を閉じ、昇に深く口づけをした。彼女は、それがスイッチになるとわかっていた。胸の内で、これは決して欲情しているわけではないと、何度も言い聞かせながら。

やがて顔が離れる。相手の目を見ていられなくて、京子はうつむき、視線をそらしたまま言った。

「どっか、入ってよ」

精いっぱい、のどの奥からしぼり出した声はどこか、少女的であった。

皿のような三日月の浮かぶ、夜だった。

がちゃり、とドアが開く音で、海は目を覚ました。泥棒か強盗のたぐいだと思ったからだ。しかし、そこに立っていたのは逆光で表情こそわからないが、京子だった。

「京子、さん？」

海は驚いた。彼女が部屋に入ってくるのは、数年ぶりのことだったから。からだを起こして、ベッドのふちに腰かける。

「どうしたの？」

京子は応えずに、ふらふらとした足取りで進み出て、海をベッドに押し倒した。左手から離れたビールの缶が落ちて、床に転がり、やがてフローリングを黄色い液体でけがした。

海は戸惑っていた。からだが動かなかった。声すらも出せない。やがて、ぬちゃ、という音とともに、彼女の口から言葉がもれた。

「……あんたを見てると本当、むらむらする」

おいおいそれはむらむらではなくていらいらではないのか。それだけで意味が全然違ってくるぞ。いやこの状況もしかしたらそうなのかもしれない。けれど姉弟《きょうだい》同然のおれに欲情なんてするのか。しかし酔っ払いに理屈は通じまい。おれが守ってきた貞操とも今日でおさらばなのか。今日は何月何日だったか。いやしかしやはり倫理的にそれはかなりいただけない行為ではないだろうか。などと、海の思考は一瞬で積み上げられて、ふたつの塔になった。倫理と欲望、という名前の。

「あの」

海の声に、京子ははっとのけぞって、その場に立った。大きく息を吸って、吐く。首を鳴らしたかと思うと、ぐるぐると頭を回し始めた。お酒って怖いものだな。海はそう思った。

「明日、行くところがあるから」

ため息をつくようにそれだけ言うと、自失茫然としている海を放置して、京子は階段を下りていった。ぎしぎしと軋む階段の音は、一段ずつ、京子の気分を渇いたものにしていった。


家と外とをわける屏風のような塀は、一面紫色のブーゲンビレアで埋め尽くされていた。男性は右からくぐるのか、左からくぐるのかを海は忘れていたが、こういうものは気持ちが大事だと自分に言い聞かせ、京子のあとについて神門を通った。

黄色と黒と白の蝶が、なん匹も舞っている。投げ出された黄色いビーチサンダルが転げる先に、空はいた。彼女は、しばらく海の存在に気づかず、笑ったままそれらを見上げていた。

「空？」

海が問いかけた。京子が煙草に火をつける。今日は雨戸が開いていて、樫で編まれたイスに腰かけた春は、暖かな陽ざしの中でその光景を見ていた。

「うーみ！」

空は裸足で芝生の上を駆け、海に抱きついた。突然の展開に驚きを隠せない彼の腕は重く、彼女を抱きしめてやることさえもできない。彼は、困った表情で京子を見た。京子は見て見ぬふりをして、ちからいっぱい、煙を吐き出した。

「あいたかったー！」

「……ああ。おれも」

蝉の声は、もう聞こえない。月桃の花が消えた、三番目の季節。

よく似ていてまったく違い、見つめあったまま触れ合うことがない、そんな名前のふたりは、こうして再会した。土曜日の青空には、白線が引かれていた。

天駆ける爆音を指さして、空が言う。

「ひこうき！」

「F15か」

「そらのほんとうのパパがあれにのってるの！」

言葉の端に、東京の義父は父親ではない、という意味がこもっている気がして、海はすこし虚しくなった。

「そらのほんとうのパパはおしごとでとおくにいってるんだって。おそらのむこう。てんごくにいるの」

海は息をのんだ。あまりにも悲しい言葉だったから。そして、空が死というものを理解していないことも、追い打ちをかけた。にこにことしたほがらかな笑顔を、空は彼に向ける。海は目を細めて精いっぱい笑顔を返した。

「……そういうわらいかたするうみ。きらい」

「どうして？」

「ほんものじゃないから」

言われて、海はうつむく。どんな顔をしていいのか、わからない。空はあわてて近くまで来て言った。

「ごめんね。きらいじゃないよ。うみのことはすき。そらがわるいんだもんね。そらはおとなをこまらせるから」

その弁明は自虐的で、彼女の心の傷をさらけだす結果になってしまった。熱くなった目頭をこらえ、そして海は彼女の頭に手をのせて、乱暴になでてやった。

「よしよしよし！」

その指をそっとつかんで、彼女は言う。

「うみがなでるの。すき」

恥ずかしげもなく、空がそんなことを言うので、海は照れてしまう。その笑顔を見て、空も笑った。クロアゲハが庭を飛んでいた。

しばらくして、拘束されたままの手を上げつづけるのが辛くなって、海は口を開いた。

「空。むこうでお絵かきしようか？」

「うん。そらはおえかきもすき。でもここがいい。このじかんはきれいから」

まってて。そう言うと空は紙と色鉛筆を探しに、とことこと家の中へ入っていく。海はようやく肩の荷がおりた気分で、凝り固まった腕を回した。

「――ＰＴＳＤのたぐいだと思います。だから、普通の医者ではわかりませんよ。せいぜい安定剤を渡されるのがおちです」

空が居間に入ると、京子がそんなことを言っていた。

「きょーこ。そらのはなし？」

「あ、いや。なんでもないよ」

なんの話なのか、空にはわからない。しかし、言葉よりもイメージを優先する彼女には、お茶を濁したような空気はしっかりと伝わった。

「きになるな。きになるな」

「いや。本当になんでもないから」

「うそ。きょーこ。わらってない」

詰め寄られて、京子は愛想笑いをむける。

「空、なんの用だい？」

春が割って入る。空はようやく自分がここになにをしに来たのかを思い出した。桐の引き出しをごそごそやって、嬉しそうに戻っていった。

はあ。ふたつのため息が木霊する。空は自分の話には敏感になる。たいていそれは悪いベクトルの想像しか彼女にさせないので、周囲にいる大人は気をつかう。空のわからないような難しい言葉でしゃべっていても、自分のことだとわかると詰め寄ってくるのだ。

「えーっと。あのころ舞さんは、基地内のスーパー・マーケットで働いていましたよね？」

「そうだね」

「夏にあの事件があって、秋のはじめにはもう戦争をするという風潮でしたから、多少なりと母体に影響はあってもおかしくありません。それに、舞さんは臨月に入るまでは働いていた」

「ふむ」

春はうなって、左手であごをしゃくった。

「この島の住民にはなにより精神的な治療が必要だと、洋……うちの父もよく言っていました」

「かつては祈りやまじないがそれにあたった。しかし今では、精霊たちのちからの借り方を知っているものは、そうはいない」

「春さんは？」

「……この手の刺青を見てごらん。これは大戦前に、うちのと一緒になったときに彫ったものさ。離れ離れになっても、ともにある。とね。当時もそこまでこの刺青をいれるひともすくなくなっていてね、そりゃあ変な目で見られたものだよ。大婆の時代ならまだしも、年端もいかぬ若夫婦が。とね」

左手の甲には、彼女が離島の出身であることをあらわす、十字架のような、電極のプラスのような黒い文様。そして親指以外のすべての指の上に黒い道のような文様が刻まれていた。

「空襲のときにうちのと離れ離れになった。当時わたしは、妊娠していた。出産は戦場でおこなったよ。男の子だった。落ちつきのない子でね、突然泣き出したり暴れたりする子だった。戦争が終わって、時代が復興に歩いていたとき、あの子は川に落ちて死んでしまった。……あんたのさっきの話を聞いたら、あの子もわたしの腹の中で戦争に冒されてしまっていたのかもしれないと、そう思ったよ。そして、巫女としてのわたしはいなくなった。この手の楔に憎しみが宿っていたわたしは、祈ることをやめたのさ。それからあののんだくれのやくざ者と出会い、舞が生まれ、そして、あの子が生まれた」

春は、いつになく饒舌だった。京子は、はじめて彼女から聞く戦争体験を、かたずをのんで聞き入った。しかし、春はそれだけ言うと煙草をふかしはじめた。京子には、心なしか手が震えているように見えた。

「スナックで働いているんだったね？」

「はい」

「最近はどうだ。あの飲んだくれが刺されたときのような、不穏なうわさは聞こえてはこないか？」

「やくざ戦争」

「ああ」

「ありません」

京子は言い切った。強い言い切りだった。魔女はすこし不審に思ったが、京子の目の光がなにかの強い意志を持っていると感じ、詮索するのをやめた。

湿った風が吹いていた。

海は、懐かしい夢を見た。それが夢なのか白昼夢なのかは疑わしかったが、とにかく孤愁の想いに満ちる。

小学校一年生のころ。空はなにをするにものろまで、頭もさほどよくなかった。基本的に席替えはなかったので、海はずっと彼女の隣の席だった。そのため、世話を焼くことが多かった。それで友情が生まれたわけではない。彼にしてみれば、しょうがないことだった。一日のあいだ、だれともほとんど会話をせず、じっと授業が終わるのを待っている姿を見るのも彼には腹ただしかった。

あくる日のこと。照りつけるような日差しの――午後だったと彼は記憶している。ふいに隣に違和感を覚えた。廊下側の最後尾。彼女の席だ。震えながら、困った顔でうつむいている。そして――、彼はすぐに気がついた。彼女の足元に水たまりができていることを。

いじめられていたわけではないが、それでもクラスから浮いていた彼女にとって、それは大きな失敗であった。そのとき、なぜだか海には彼女を救ってやりたい気持ちがわいた。

――今思い返しても、海はなぜそんな行動をとったのか自身でもわからないが――先生の見ていないうちに、バケツに水をためだした。そんなときだけ、窓の外の轟音が役に立つ。そして、彼は空の背後から、頭上にその水をかぶせたのだ。

バシャリ――。

唖然とする教室。しばらくの沈黙のあと、泣き出す空。先生が駆けよって声をかける。そんなことは知らないとでもいうように、海はまたバケツに水をためて、その水を自らかぶった。周りから見れば奇人の行動だろう。しかし、父親に「空にはやさしくしてやりなさい」と言われていたこともあって、思い切った行動に踏み切ったのだ。

親が呼ばれて、校長室にも連れて行かれた。それでも、海は理由を話すことはなかった。彼女の名誉を重んじようと、ちいさいなりに考えていたのかもしれない。それが彼なりの思いやりだった。

ぐしゃぐしゃになって、彼女の教科書が使えなくなる。ふたりは必然に、海の教科書で一緒に勉強することになった。はじめはたどたどしかった空の言葉も、やがてよくなっていき、空は海のあとについて周るようになった。大人たちは一様に首をかしげたが、彼らには周囲の目なんて関係なかった。

そしてやってきた、突然の転校。直接言うのが辛かったのか、空は電話でそれを伝えた。相手の顔が見えないと言うのは、ときに大きな誤解を招く。ふたりは、大げんかをして、離れ離れになった。一生分とも思える濃密な時間を過ごしたはずなのに、それから長いときを経て、また出会うことになるとは。海は運命論者ではないが、やはりなにか引き合うものがあるのではと感じていた。

傘の中の宇宙

昼下がりの公園。四人はバスケットに興じていた。中間テストの最終日で、学校は午前中で終わりだったのだ。高い陽ざしが、いつもとは違う風景を描いていた。

海と良平が一対一で争うことになって、小蝶と麻里はふたりで近くのコンビニへと歩いていた。麻里が気がかりだったのは、杏がなぜ小蝶のことを知っていたのかということ。

「ねえ、小蝶のお父さんはどんな仕事をしてるの？」

「え」

小蝶が驚いた顔をする。

「へへ。えーっと。わかんないー」

「……そう」

知っていようが知っていまいがその言葉で、おそらくは人様には言えない仕事をしているのだろう、と麻里は思った。杏の嫌みな声が、頭の中で再生される。

「麻里のお父さんは、退役軍人でしょ？　京子さんと前に話してるのー、聞いちゃった」

ごめんねー。と小蝶は笑う。

「べつに気にしないよ」

コンビニに入って、四人で出し合った小銭で、飲み物とお菓子を調達する。クーラーできんきんに冷やされた店内は、火照ったからだには心地いい。

「ちょっと、立ち読みしない？」

「いいよ」

小蝶の提案で、ふたりは並んで本を読む。小蝶はファッション雑誌。麻里は文庫本。趣味の違いは、こういうところに出る。四、五分はいただろうか、からだが冷えて頭が痛くなってきた麻里が、小蝶に言う。

「行こう」

「うん」

自動ドアが開くと、むせかえるような湿気と熱がやってくる。ふたりとも、心の中では「うわあ」とつぶやきながら、コンビニをあとにした。

「新しいリストバンド？」

「う、うん。ちょっと長めのやつ。かっこいいでしょー？」

小蝶は腕を曲げて、麻里にむけ、笑った。麻里にはどうしても、ひとつだけ尽きない疑念があった。それを問うことは今までためらわれてきたが、杏のあの不敵な笑みが、彼女には不本意ながら、後押しになった。

「そのうち、春夏秋冬ずっと長そで、みたいなことにはならないよね？」

「……」

麻里の読みは、ずばり的中した。それは、はじめから彼女に抱いていたイメージだった。名前の通り、蝶のような華やかさを小蝶は持っていた。彼女が笑うだけで、場が和らいだ。でも、それは人一倍周囲を見て、気をつかっているからこそできることなのだ。そこが彼女の魅力でもあり、弱さでもあった。

「なんでも、相談してね」

「……うん。ありがとう」

小蝶はいつもと同じ、痛みを隠したくもりのない笑顔だった。

「……麻里は、明日死ぬとしたらなにをする？」

突然の重たい質問に、麻里は驚いた。

「え、っと。とりあえず、やりたいことは全部やる、かな。悔いは残したくないし」

「だよねー」

麻里が同意してくれたことがよっぽど嬉しかったのか、小蝶は満面の笑みで歩を進めた。

「……小蝶？」

「行こ！　アイス溶けちゃう」

小蝶はそのお気に入りの白いスニーカーを蹴って、駆けだした。陽炎に走るその後ろ姿が美しくて、麻里は、胸が張り裂けるような想いだった。

翌日から、小蝶は学校に、公園にも顔を出さなくなった。男ふたりは担任に話を聞いたが、風邪でしばらく休むらしいとの回答だった。

もう十一月。受験に反映される最後の定期試験も、あとわずかだ。しかし、一週間。やがて二週間がたとうとしていた。

「やっぱり変だよな」

「ああ。インフルエンザが流行ってるっていっても、電話のひとつくらいよこすだろ」

麻里は黙ってうなずいた。彼女の性格を考えれば、それくらいの気はつかうはずだ。三人の総意がまとまったところで、良平がひとつ提案をする。

「じゃあさ、見舞いもかねてあいつんち行ってみようぜ」

「今から？」

「ああ。いくら親父さんが厳しいっていったって、見舞いに来た娘の友人をむげに帰すこともないだろ」

どうかしら。麻里は頭に浮かんだ言葉をあわてて消して、別の言葉に置きかえた。

「ということになったようですよ。京子さん」

「ええ〜。やだよ。歩いて行け」

京子は、はじめは嫌がっていたが、三人——とくに男ふたり——が食い下がるので、しかたなしに頷いた。

メタリックグリーンの〝眠れる森の美女〟に乗りこむ。季節でいえば晩秋のはずなのに、車内はじんわりと汗をかくぐらい暑かった。

「ったく。あたしは今日仕事だっつーの。ぱっと行って、ぱっと帰るからな」

「いやー、さすが京子さん。あなたは女神です」

良平のみえみえの世辞に、京子はバックミラー越しににらんだ。エンジンをかける。クーラーから、オイルのにおいがただよってくる。ノイアーの〝レイン〟が流れだした。ブルースの重たくどんよりとしたメロディが、四人の口数をすくなくさせた。


たどりついた小蝶の家からは、たしかに不穏なにおいがただよっていた。電気はついていないし、郵便受けはいっぱいで、新聞がこぼれていた。

——なるほど、ね。

京子は理解した。はじめは半信半疑だったがその光景に状況を察知して、ただごとじゃなさそうだ。と思った。

「とりあえず、お前らは待ってろ」

彼女はそう言って、先に玄関へむかった。気味が悪いほど静かなのに、インターフォンを鳴らしても、音がした気配はなかった。ノックをしても返事はなし、やがて京子はドアを強くたたいていた。そして、ノブに手をかけて引っ張る。意外にも、ドアは開いた。

「すいませーん」

しかし、返事はない。

「すいませーん！」

もう一度呼んでみる。すると、廊下の奥の扉が、ゆっくりと開いた。京子は息をのんだ。

「ふ。ふ。聞き覚えがあると思ったら、やっぱりお前か。どうやら、おれとお前は切れない縁で結ばれているようだな」

「宮古、さん」

「……逃げたよ」

まるで、金槌で側頭部を殴られたような衝撃が、京子に走る。めまいがするような気がした。

「父親がギャンブルにおぼれたところで、金を借りに来て、ふくれ上がって夜逃げさ。それで今、家宅捜索をしているってわけだ」

「……される側のあなたが？」

「ふ。ふ。ふ。相もかわらずきついな。しかしうちはトイチってわけじゃない。ぎりぎりのところで金を貸していただけだ。立ち直ることのできなかった家庭が悪い」

なにも言い返せない自分に、京子は腹が立った。胸の内で、唯一信頼をおいている相手、洋の名前を呼ぶ。彼が帰ってきさえすれば、どんな逆境からでもひっくり返す一手を持ってくると、彼女は信じていた。

「さらに言うなら、おれは彼らをどうこうするつもりなんてなかった。あの父親が先走ったのだろう。そんなやつに連れられた妻と娘のほうが心配だよ」

家の四方から這ってただよってくる、不穏な気配を振り払うように京子は語気を強めた。

「あなたに捕まるよりはましじゃない」

「やれやれ、まだおれのことを誤解しているようだな。お前にからだで払わせようと思ったらいくらでも口はある」

「なら、どういうつもり？」

「お前はいい女だからもったいないのさ。家がどうしても嫌なら車でもいい。売って当面の金をつくれ。洋には期待するな。お前も戦地の様子は見ているだろう？」

「それでも、売るわけにはいかない。あの車で、あの車内で、ひとがひとり生まれてるんだよ！」

はじめて聞く話だったので、宮古昇は驚いた。それがだれなのか京子は説明しなかったが、彼を納得させるには充分な理由だった。

「なるほど」

昇はつぶやいて、そして奥に声を掛ける。

「おい！　帰るぞ！」

「はーい。今行きまーす」

間延びした、知らない女の声。京子はすこし不愉快だった。鼻で息を吐いて、どうしようもないわが子を見るような目で、昇は奥の台所に目をやった。やがてその視線の先から、ひとりの女性がやってきた。

「書類は？」

「ええ。ばっちりと」

「よし。では。また店で会おう」

それだけ言うと、昇はずかずかと廊下を進み、光の扉のむこうへと消えて行った。京子は、その場に座り込んだ。その表情には絶望の色合いがこもっていた。


そのころ車内では、京子の帰りが遅いのを心配して三人が論議をしているところだった。

「やっぱり、行ったほうがいいんじゃねえのか？」

「でも、まだ五分しかたってないわよ」

「ご両親と話をしてるって可能性もある」

「ばかいえ。リビングの電気もついてないし、なにより京子さんは迎えられず、自分から家の中に入ったんじゃないか」

一番興奮していたのは良平だった。小蝶が近ごろおかしかったことに気づいていながら、こんな事態になるまでなにもしてやれなかった自らを責めていた。

「お。だれか出てきたぞ」

海の言葉に、後部座席のふたりは振り返って、身を乗り出してその光景に食い入る。麻里は信じられない思いのまま、気がつくと車から飛び出していた。

「杏！」

「あら。これはこれは」

詰め寄って、麻里は杏の胸ぐらをつかんだ。高そうなスーツがぶちぶちいう音が聞こえたが、麻里にはそんなこと関係なかった。

「なんであんたがここにいるの？　どういうこと？　小蝶は、小蝶は、どうしたのよ……」

麻里は言いながら、杏のスーツをつかんだまま、崩れ落ちた。海と良平も駆け寄る。

「おい！　麻里！　大丈夫か？」

「どうした？」

「あなたたちのお友達とその家族は、夜逃げしたそうです。多額の借金を残して」

杏は、わざとらしく丁寧な口調でそう言った。麻里は今にもふたたびつかみかからんという目つきで、彼女を見上げた。

「でもこれが社会の掟なのですよ。だれが正しかろうが、悪かろうが、ルールや契約を破ったものはこうなるのです」

「おいおい。まるで俺が悪いような言いかただな」

杏の背後から、宮古昇があらわれて、三人は一様にあとずさった。ただものの発する空気感ではなかった。

「ふふ。違うんですか？」

「……だが〝弱いものが悪い〟はそれこそ社会の鉄則じゃないか。それを打ち破るためには多少の犠牲はしかたない」

「もう発想がバケモノですよね」

杏にそう言われて、ひどい斜視の男は否定の言葉を押しこむように煙草をくわえ、そして火をつける前に、海を見つけた。

「ん。お前は……。そうか、ふ。ふ。ふ」

「え、あ、なにか？」

不気味な声に、海は身震いする。

「洋の忘れ形見だな」

海は首をかしげる。しかし、今の言葉ひとつで、自分の父親とこの男が浅からぬ関係にあるということはわかった。

「どういうことです？」

「ニュースを見てないのか？　むこうは荒れているようだぞ。そんな中やつは音信不通になったのだ。最悪の事態もありうる。運よく生きていても帰って来られないかもな」

海には、彼がなにを言っているのか、わからなかった。いや、父親のことだというのはわかる。けれど、すべての情報を認識する間にも、思い当たる京子の言動や行動がよみがえってきた。突然自分の軽自動車を売った理由も、通っていた専門学校をやめて夜の街で働き出した理由も、すべてそれにあてはめれば片付いていく。同時に、海の心の中に取り残されたような思いが、雨雲のように広がっていった。

「……その様子じゃ聞いてなかったようだな。すまなかった。また合わないことをお互いに祈ろう。それでは失礼するよ」

男はそう言い残して、古い縦目の自動車に乗りこみ、黒いけむりを吐き出しながら去っていった。四人の心に風穴と、幾重もの亀裂を残して。麻里が人知れずこぼした涙は、そのみぞに染みこんで流れていった。

店に休みの連絡をいれて、京子は部屋で横になっていた。どれだけ睡魔がやってきても、目を閉じる気にはなれなかった。今こうしているあいだも、どこかから彼らが監視しているんじゃないか。そんな思いに憑りつかれて、頭がさえて眠れないのだ。

そのとき、階段をどたどた降りてくる音がした。その足音は台所でもなく、トイレでもなく、京子の部屋の横を通り過ぎた。

――なんだ？　飲み物でも買いに行くのか？

京子は寝返りをうって、枕元の腕時計を手に取った。時刻は、もう夜の二時だった。京子はあわてて飛び起きた。彼が日をまたいでからコンビニやスーパーに行こうとしたことなんて、一度もなかったから。

引き戸を勢いよく開けると、靴ひもを結んでいた海が、驚いた表情で振り返った。

「あ、京子、さん」

「どこいくの？」

ぐじゅぐじゅと、耳をよく澄ませないと聞こえないような声で、海がなにか言った。京子は近寄ってしゃがみこんで、もう一度たずねた。

「なんだって？」

「空に、会いに」

海は京子のほうを見ようとはしなかった。そのかわり、目をきょろきょろとさせて、息も荒い。あきらかにパニック症状を起こしている。それは、数年前もよく見た表情だった。

「落ちつけって、今何時かわかるか？　二時だぞ。こんな時間に行っても、空は寝ているだろうし、むこうにも迷惑だろ。明日にしよう。今日はもう寝ろ、な？」

海は、ようやく京子を見た。その怯えた表情は、とても普段憎まれ口をたたく男には、見えなかった。

「ま、また、突然、い、いなくなっちゃう気がして」

とっさの動きで、京子は海を抱きしめた。

「そんな簡単にひとがいなくなるもんか！」

言いながらも、自分の人生で突然会えなくなったひとたちのこと、そして小蝶のことを思い出していた。まったく根拠がない、励ましにも、なぐさめにもならない言葉だった。

ふたつの心臓の音が重なる。一方的に早かった片方の音が、その呼吸とともに、ゆっくりともう一方に音を重ねていく。

けたたましい電子音とともに、リビングの電話が鳴った。ふたりは一瞬飛び跳ねて、京子は海に待っておくようにと、肩をぽんと叩き、暗闇に光る受話器をとった。

「もしもし」

『京子か？』

低く、しわがれた声。

「春さん？　どうしたんですか？」

相手は老人で、しかも空とのふたり暮らし。いったいなにごとかと思って、京子の語尾は強かった。

『あれが、お前らに会いたいとうるさいんだ』

「——！」

『ちょうど明日は休みだろう？　うちに泊まりに来ないか？』

「……はい、おうかがいさせてもらいます」

通話はそこで終わった。受話器を置いた自分の手を見つめ、ああこんなところに魔女たるゆえんがあるのだな、なんて京子は考えていた。ふと、背後にひとの気配を感じて振り返る。どうやら海は盗み聞きしていたらしい。はぁ、とため息をついて前髪をかき上げ、京子は車のキーをとった。

「寝間着と歯ブラシくらいは、もってけ」

からん、とベルが鳴って、昇は客人かと思い目をむけた。そこに立っていたのは、浦目、と杏が呼んでいる人物だった。黒いパーカーを深くかぶり、バラクラバと呼ばれる目出し帽をかぶっていた。

「槍《スピア》を、胸に」

「ああ。お前か。座れ」

足音のない歩き方で、彼は昇の立つカウンターではなく、四人掛けの席のソファに座った。だれもいないときだけ、そこが彼の指定席だった。

部屋の中は薄暗く、昇の背後には大量の酒瓶が置いてある。雑居ビルの一階、看板も出ていないここはバーであり、クライアントを待つ〝受付〟でもあった。

「なにか飲むか？」

彼は首を横に振る。

「……仕事、の、話を」

「もう慣れたつもりだったがその話しかたもうすこしなんとかならんのか？」

浦目は、言葉と言葉のあいだに長く間をとって話すくせがある。

「……口は災いの、元、です」

「耳が痛いね。しかし自分の言葉に責任をもってゆっくりと喋る人間をやはりひとは頼りなく思うのも道理だと思わんか？」

「……上に、立つ人間の、意見ですね」

ぴくり、と昇の白い眉が動いた。しばらく間があいて、浦目がつづける。

「……しかし、そうでなくては、いけません」

「お前は上に立つ気がないと？」

その頭を軽く下げて、浦目は視線だけで昇に訴える。早く仕事の話をしろ。と。頭は下げても、しっぽを振るつもりは毛頭ないらしい。

「ふむ。前に話した中国系の—何世かは知らんが、あの家族が夜逃げした。場所は見当がついている。探してもらおう。追いこみかけておれの前に連れてこい。あとその娘は働かせれば稼げそうだ。〝あの街〟にも連絡を入れておいた。なるべく傷ものにはしないでくれよ。それから」

ここで、昇の目の色がかわった。

「ジャンキー・チェンを知っているな？」

相手は縦にうなずく。昇はとたんに、まるでなにかにとりつかれたかのように目を血走らせ、語気を強め、大げさな身振り手振りをいれて話す。

「あいつはなんだ！　どこのどいつだ！　他人のシマもよそのシマもカタギも同業も関係なく素人同然の取引をしては場所を混乱させている！　まったく愚の骨頂だ！　犬どもはなにをしている！　ああいう輩こそこの街を退廃させている真に俗物であることがなぜわからんのだ！　内偵をいれさせたところあれは純度百パーセント混じりっけなしの混ぜものだった！　あんなわけのわからんものをさばくキチガイまがいのサイコたちにこの島を殺させてなるものか！」

そこで、言葉が途切れる。いや、息が切れたのだ。昇の怒りは怨念であった。浦目から見ても、彼はいかれていた。かつて見た、革命をうたい、息づまり、銃を手に投獄されていった彼らと同じだ。浦目はそう思った。けれど、どれだけいかれていようが、今は昇が彼にとってのクライアントだった。

「……どう、しますか？」

「チェンは邪魔だ」

「……はい」

「とりあえずは家族の捜索を優先させろ」

「……はい」

「以上だ」

浦目は深々と頭を下げて、店を後にした。

夜の公園にぶら下がった月は彼を照らし、その息が彼の影をよりいっそう、深く染めていった。

「うーみ。そらのへやにいこ」

謝花家についたとたん、海は空に手を引かれて彼女の部屋に入った。

八畳の彼女の部屋は、色であふれていた。どこかから拾ってきた、彼女でなくては使い道すらもわからないガラクタの山。色とりどりの花や植物。落書きの壁。

「そこすわる」

指さされて、海はベッドに腰かけた。白い花柄のシーツが、彼女の好みを思わせる。空は荷物置きになっている勉強机から、さびたクッキー缶を取りだして、海の隣に座った。

「じゃじゃーん！」

わかりやすいファンファーレを鳴らされても、その中身を一見して判断するのは、彼女以外にはむずかしい。

「えー、と。空さん？」

「これはねー。うーみとバスでとおくのうみにいったときにひろったかいがら。このすながはいってるのはね。うーみがあとでビンにつめてもってきてくれたの」

「あー！　あったあった」

忘れかけていたセピア色の思い出がよみがえり、海も感嘆の声を上げる。

いつの夏休みだったか、家出常習犯の空はその日も「かけおちする」とかなんとか言って、むりやり海を引っ張りだしていた。どこに行くかもわからないバスに飛び乗って、街をあとにし、北へ北へ。運転手に起こされてついた場所は、名前も知らない田舎だった。なにかに導かれるように茂みをかきわけて進む空。たどり着いた場所は、だれもいない、整備もされていない砂浜だった。

「あのかいがらがいちばんおおきかった」

空が窓辺を指さす。出窓にシャコ貝のからが置かれていて、大量のビー玉が乗せられていた。

「懐かしいなー。そのあと近所のひとに通報されて、交番につれていかれたんだ」

「あのときのおばーこわかった」

「おれも父ちゃんに怒られたよ。『駆け落ちごっこなんて百年早い！』ってげんこつ付きでな」

それからふたりは、しばらくひとつのものに対してふたつの思い出を語り合った。それで海は、空との多くの経験をしたことを思い出し、彼女が大事そうに抱えるそれが、宝箱であることがわかった。正直な喜びの気持ちで満たされていくのを、彼は感じた。

海は、まるではじめて恋を知った少年の表情であった。空が、海の心を癒すための精いっぱいをしているとも知らずに。外は、どこかで発生したらしい低気圧のあおりをうけて、静かに雨が降っていた。

「それは？　鉄球？」

手のひらにすっぽりとおさまる大きさの、銀色の玉が中には入っていた。

「これはねー。うーみのおとうさんがくれた。こうやってころがすといいおとがする。でも。あぶないからひとになげちゃだめ」

そう言って空は、その白い手のひらで鉄球を転がして見せる。そのたびに、こーん。こーん。と気持ちのいい音が響いた。

しかし、海は今もっとも思い出したくない父親の話をされて、頭の中では夕方のあのシーンが再生されていた。

「うーみ？」

心配そうに空が覗きこむ。そこでようやく海は現実に戻り、自分が暗い表情をしていたことに気づいた。あわてて、愛想笑いをむける。空はそっと海を抱きしめて、頭を撫でながらつぶやいた。

「だいじょーぶ。だいじょーぶ」

いつか海が、そうしたように。

彼女の思いやりを感じて、海は涙を流した。もう、声を殺して泣ける年齢になっていることが、より彼を悲しくさせた。

このときまた、離れられなくなってしまった自分を、ふたりとも悟っていた。でもそのことには気づかないふりをして、肩を寄せあい、不確かな朝を待ちつづけた。

ふたりをおおい隠すように、雨足が、すこしずつ強くなっていった。

雨上がりの庭で、空は舞っていた。踊る、というよりは舞う、といった感じだった。ときどき、縁側で見守る海に楽しげな笑顔を見せる。海はちいさく手を振る。

朝の光が植物についた露を輝かせ、寒いぐらいだった夜を忘れさせるような、ゆるやかな風が吹いている。「時代が違えば祝女《ノロ》かユタだった」と魔女が力説する理由が、その光景にはあった。

どこか神秘的であり、幻想的であり、儀式的な彼女の舞いは、見るものを魅了した。

まるで、ここに彼女が存在するのが奇跡かのような感情の波に、海は立たされていた。そのとき、その空間を裂くように空が叫んだ。

「にじ！」

昨日の鬱そうとした気分を吹き飛ばすような朝。青空には、希望の橋が架かっていた。

海は、空といっしょならどこへでも、どこまでも行けそうな気がしていた。空も同様だった。

大人たちは、まだ寝ていた。そこは、ふたりだけの国だった。

「すべてのこたえはにじにあります！」

両手を天に広げて、満開の笑顔で彼女が言う。なにかの絵本に書いてあったのか、それともただの思いつきか。海はその言葉を受けて、なにかを投げかけることはしなかった。それは案外的を射ているような気がしたから。

「空！　なにか歌ってよ！」

彼女はわざとのどを鳴らして、祖父が歌っていた民謡を歌いはじめた。それは、とめどない希望の唄だった。

この世の商業的な歌の多くが嘆きの歌であることを、海はなんとなく知っていた。魂の底から吹きぬけてくるようなその歌が、悲しみに終わらないように彼は祈った。

別れ

三学期。受験生は学校に来なくてもいい。受験という免罪符を手に不良学生は遊び歩いているらしいが、進学を考えている面子はそれどころではなかった。否応なく、ぴりぴりとした空気が流れる。

海は、気になっていた。麻里も良平も、公園に来なくなっていた。麻里は、邪魔をしてはいけないと身を引いているのかもしれない。しかし、良平は追いこみをかけないと厳しいところまできている。小蝶がいなくなってから、どこか呆けていて、ついに冬休みの間に行方をくらませた。それでも、海は良平が来ることをどこかで臨んでいて、彼をその場に通わせた。

帰り道。海の足は自然と、公園ではなく空の家にむかう。麻里も良平も来ないのに、足しげく公園に通う行為が、いつしかばからしくなり、気がつけばそれが定番になっていた。

「こんにちは」

家に入るなり、庭木に手を入れている春の姿を見つけて、海は自分ではさわやかなつもりの笑顔で声をかける。

じろり。谷に埋もれたふたつの深い泉のような眼が、声の主を確認する。それが海だとわかると、なにも言わずに作業にもどった。

「お邪魔します」

そう言うと、海は逃げるように家の中に入った。海はじつのところ、この魔女が苦手であった。

自分の感情を隠して生きることが常であった彼にとってみれば、魔女という前評判やいでたち、しぐさに言動、どれもが自分の建前を看破しようとしているように思えた。

事実。春は、海の取り繕ったような笑顔を見透かしていた。だが、あえてどうこう言うことはない。自分のくもった眼よりも、澄んだ目の空こそ、彼を解き放てる唯一の人間だと思っていたから。

戸を開けると、やはり彼女はそれを察知していたのか、玄関の板間に座りこんで絵本を読んでいた。海を見とめると、にいーっと歯を出して笑い、すぐその手をとった。

「やっぱり」

「なにが？」

海の前に白い円が、いくつも描かれた。

「くるくるくるくる。くるとおもった」

「予知?」

「なにしてあそぶ?」

考えこむ前に、空は海の手をとってひっぱった。部屋に連れこまれるのも、もう慣れっこだったので、海はその誘いを甘んじて受けた。

彼女の部屋は、魔女の摘みとった薬草のにおいで満たされていた。窓辺に置かれた貝殻に乗っているそれを見ても、海が判別できるのはラベンダーとセージくらいだった。それでも、空が植物図鑑を広げておこなう享受のおかげで、街を見る角度がすこしかわったと海は思った。

「空。煙草吸っていい?」

「……うー。いいけど。までね」

「わかってる」

出窓に寄りかかって、空がどこかから拾ってきたのであろうあき瓶のふたを開けて、煙草に火をつけた。空は、口ではいいと言うが、海が煙草をふかしはじめると面白くなさそうに唇をとがらせる。その姿に、海はなんとなく癒されるのだが、へそを曲げられると始末が悪い。

「空」

「……」

「怒ってる?」

「べつに」

「うそ」

「そらはうそつかない」

海が笑う。空は自分がばかにされているのはわかるらしく、ふくれ面で背をむけた。

「空」

「なに！」

「友だちがさ、学校に来ないんだ」

空が振り返る。海は、やさしいけれど傷ついたような表情で笑っている。空もかたくなな表情をやめて、まじめな顔になった。

「がっこう……こない？」

「ああ」

部屋に取り残されたすこしの残り香が、よりその空気をドライにしていく。空に言ったってなんの意味もない。けれど、近ごろ忙しそうな京子に相談するほど、海は大人にはなれなかった。

「どうして？」

空のその言葉の裏に、通いたい自分はどうして通えないのだ、という本音を海は見た気がした。考えすぎだろう。と心にひと言そえて胸にしまう。

「わからない。高校に行く気がないのかも」

「あわなきゃ」

「あわなきゃなにもわからないよ」

「え」

その言葉に、海はうつむいて、そうだよな、とつぶやいた。

「いまはね。うーみがいるから。うーみはそらがすきなんだなあってわかるの。でもね。はなれたところにいたらやっぱりなにもわからない」

「なんだって?」

「だからね」

「いつ、だれが、おれが空のことを好きだなんて言った?」

照れ隠しから、海は空の脇腹をくすぐる。彼女がかゆみに弱いことを知りながら。空は目に涙を浮かべるほど笑って、ひいひい言いながら、抵抗する。

まるでちいさな兄妹がじゃれあっているような、暖かな光景だった。しかしその中で、海は勇気づけられていた。彼女が言うのなら、間違いない、と。腹をくった彼は、その日が来るのを待った。


ひさしぶりに良平が学校に姿を見せた。その豹変ぶりは、予想していたものであったけれど、海を閉口させるには充分だった。

　金髪ぼうずで、眉もそり落としている。教室にあらわれた途端、クラス中の息が止まった。一瞬足を止めて、良平は教室の中を見渡した。そして、自分の居場所なんてここにはないという顔をして、大またでロッカーにむかう。持ってきた鞄の中に、詰めこめるだけつめこんでいく。海は話しかけにいかなかった。良平の席は、海の前になっていたから。

　そして、良平は自分の机の前に立った。妙な間ののちに、海を一瞥して、荷造りをはじめた。

「おい」

　海が声をかける。返事はない。

「なにしてんだ？」

「……もう学校には来ない」

「進学は？」

「しない」

「働きに出るのか？」

「お前には関係ないだろ」

　その言葉で、とうとう海が立ちあがった。ふたりから人波がひいていく。摩擦感のある空気。一触即発、という言葉がぴったりだった。海が一歩近寄る。

　そのとき。いつもと違う違和感に、海は顔をしかめた。違和感、というよりはにおいと言ったほうが適切だろうか。そのにおいは、確かに覚えのあるものだった。

「……お前。またガスやってるのか？」

無意識のうちに小声になる。そんな海を見て良平はへらへらと笑い、シンナーくさい口を開いた。

「だからどうした？」

考えるよりも先に――と言うが、その通り激情に身を任せ、海は良平を殴りつけていた。その刹那、良平も言葉のかわりに拳をぶつける。血しぶきといっしょに、女子生徒らから、押し殺した悲鳴が飛んだ。そのまま殴り合いに、というところで、担任の教師が教室に入ってきた。

「おーい。席につけー」

教師には、彼らの声にならない青い叫びは聞こえない。やがて、ふたりを遠巻きに観察している空気感に気がついて、ようやく彼はふたりに声をかけた。

「どうしたー？」

「いえ」

「別に」

水をさされたふたりは、どちらともなく教室を出た。とり残された歪な想いだけが、その場にいつまでも根をはやしているようだった。

無言のままたどりついたのは、やはりいつもの公園だった。そのままなんの指し示しもなく、彼らはベンチに座った。頭の中でもうひとりの自分と長い会議をしたことで、口を開くのもためらうほどに疲弊していた。

　緋寒桜は咲き乱れ、一月の海風にふかれて、その身を揺らす。花びらが舞うことはなく、その自重と強い北風に負けて、花は首ごと落ちる。だれかが踏みつけた桜は、まるで血のように黒々と石段にこすりつけられていた。

　まず、海が口を開いた。

「なにかひと言」

「すまん」

　良平が応える。

「素直でよろしい」

「そちらもひと言」

「うるせえ」

「素直でよろしい」

　救急車が通り過ぎる。サイレンの音が街に響き、病んでいる街をまた刺激する。曇り空が、赤くなっていく。

「進学しろよ」

「……ああ」

「お前以外の誰が妹を守れるんだ」

「ああ。わかってる」

「学校に来づらいんだったら、市民図書館にでも行けばいい」

「たのむ」

良平は、素直に頭を下げた。海はなにも言わなかった。彼の痛みは、自分もすこしはわかるつもりだった。ひとが、すべからくわかりあえない生きものだったとしても、彼を信じたい気持ちがそこにはあった。


「外は、雨、ですね」

「そうか」

「どうですか、準備の、ほうは？」

「まあまあと言っておこうか。準備が済んだら計画を練って行動に移す。しかしそれにはひとつ足りないものがある」

浦目は、カードをＣＤケースに叩きつけ結晶を刻む手を止めて、昇を見た。

「神輿が必要だ。求心力と影響力のある男が。ある種の偶像になってしまえるような対象が。できれば若くて優しさに満ちている男がいい。そんなやつこそこちらに引きこみやすいし裏切らない」

ちらり、と昇が蛇を見た。彼の言わんとしていることを察知した浦目は、その申し出を断るかのごとく、作業にもどった。昇はバーカウンターから乗り出して、話をつづける。

「お前は今の場所で満足なのか？　ずっと日陰の中に生きてきて日の当たる大道の真ん中を歩いてみたいと思ったことはないのか？」

「大量殺戮の、英雄よりは」

「血に染まる蛇のほうがましだと？」

「はい」

浦目がドル紙幣を丸め出したので、昇は鼻で息を吐いて席についた。棚から取り出した本は『地に呪われたるもの』だった。

――あなたは、自由の夢が生んだ、悪夢だ。

浦目は心の中でそっとつぶやいた。

春の膝枕で、空は昔話に耳を傾けていた。もうその目からは、ぽろぽろと涙がこぼれていた。

「そして、壕の前まで来たのさ。裸の白人が。わたしたちを驚かせないように、笑顔で。もし日本兵が潜んでいたら、撃たれるかもしれないのに。その優しくも悲しい笑顔はね、一生忘れられないと思うよ。わたしを含めて六人が降伏することにした。そのときはまるで、彼らが悪魔かのようなデマが流れていたからね。壕に残ると言って聞かないひとも何人かいた」

「そのひとたちは？」

「わたしたちが貨物車に乗せられたときに」

春は、その苦労の歳月が見てとれるまぶたをふせて、ゆっくりと口を開いた。

「……花火の、音がしたよ。あとは風に吹かれて、火薬のにおいが流れてきたね」

「おまつり？」

「……お前は、知らなくていい。とにかく戦争ってのは、惨めで虚しいだけさ。しかし、知っている世代はどんどんいなくなる。どうなるのかね……」

空には、最後の祖母の言葉はよくわからないものだったが、ぶわっと涙があふれて、腕でごしごしとふいた。そんな孫娘に、しわくちゃの笑顔をむけて、老婆はその髪を撫でた。

「なんで必ず泣くのに、この話を聞きたがるんだい？」

「わかんない。でも」

春はやわらかい表情で、空の顔を覗きこむ。言葉のつづきがどんなものであっても、優しく受け止めてやるために。

「きけてうれしい」

春はその細い目を丸くして、それから豪快に笑った。まるで赤子でありながら、賢者のような答えが、愉快でしかたなかった。その声はとても若く、空に彼女の青春時代を想起させた。若草色の着物に身を包んだ、燃えるような目の少女が笑っているように、空には見えた。

「そらのおばー。かっこいい」

「そうかい？　ありがとう」

春にとって、空は沈まない太陽だった。


バスを降りると、麻里は走った。

信じられない。信じたくない。そもそも母親面しているあの女はなんなのだ。わたしはこの目でたしかめるまで、絶対に信じない。麻里は心の中で、その言葉を反芻しつづけた。

たしかめるすべなどないことを、彼女はわかっていた。しかし、両親すら自分の味方ではないように見える彼女にとって、その言葉はあまりに辛辣で、残酷だった。

大観覧車のあるまばゆい街、アメリカンビレッジを走りぬけ、海岸線をただ走る。制服姿のままなので、彼女の足元は走るのには適さない革の靴だった。それでも、なんどもつまずきそうになりながら、地面を蹴った。目的の場所についたときには、もう息も絶え絶えであった。

呼吸を整えて、ゆっくりとその前にむかう。おさまっていく息切れに反して、彼女の鼓動は大きくなっていく。頭痛がはじまる。そして、しっかりとそれを確認したとき、彼女はその場に崩れ落ちた。

防波堤の墓標に、味気ないスプレー缶で記された、兄の名前。ひとの目を一番気にする麻里だが、ひと目もはばからず声を上げて泣いた。同情の視線が、彼女の制服を突き破り、食い荒らす。そんな痛みにも非にならないほどの感情があふれて、声になる。止まらない涙が、押し並べて同じ顔の、無機質なコンクリートに落ちて色をつけた。

堕ちろ。焦がせ。燃やせ。壊せ。踏みつけて進め。降れ、鉄の雨。吹け、業火の風。こんな街。こんな島。こんな国。こんな星。こんなわたし。滅んでしまえ。呪いの言葉は、止まることを知らない。

長い雨のはじまりを感じた彼女の心は、日の光もとどかない沼の底に沈んで、その泥の中に隠れてしまった。

透明の傘の中、雨粒がネオンを反射してきらきらと光る。透けて見える天椀は赤く、星は雲に遮られて見えない。

観覧車の下で、麻里は待っていた。足元には、ボストンバッグがひとつ。雨が強くなってきたので、閉まっている帽子屋の軒下を借りる。ゲリラ豪雨、なんて最近は言うらしいが、麻里にはスコール、のほうがしっくりくる気がした。降りしきる線がカーテンになって、彼女の表情を隠す。

「ハーイ。ジェーン。調子はどう?」

うつむいた顔を上げると、そこには彼女の天敵が立っていた。奥歯を強く噛んで、口を開く。

「決まりきった、つまらないあいさつね」

「ふふ。これから仲良くしようってのに、その態度はないんじゃない？」

麻里は応えない。杏は眉を上げて、つまらなそうにため息をついた。

「まあ、いいけど。それじゃ、案内するわ」

杏がひらりと身を翻す。動きすらも軽い女だ。麻里は思った。もう、雨は止んでいた。濡れた石畳から、彼女の靴の中に湿気が潜りこんだ。


「……で、ここがこうなるわけだ」

「なるほど・ザ・ワールド！　時よ止まれ！」

「つっこまんぞ」

「駄菓子菓子！　パラシュート、ぼくもう疲れたっちゃ」

「……わかったよ」

長時間の慣れない勉強のせいで、良平の頭には本当に虫が湧いていそうだったので、海も折れて休憩をとることにした。ロッカーに荷物だけ残し、入り組んだ路地でコンビニのおにぎりを食べて、一服。

「あー、いよいよ明日かー」

良平ががっくりと肩をうなだれて言う。そう、明日が大事な高校受験初日なのだ。

「まあ、これだけやったんだし大丈夫だろ」

「そうか？」

「ああ」

日中は日差しが強いが、まだ夕暮れの風は冷たい。ふたりは無駄な抵抗と知りつつ、しゃがみこんでからだを折りたたみ、震える手で煙草を吸う。

「海。最近、どんぐらい吸ってる？」

「あー、ひと箱いくかいかないかだな」

「おれ最近ふた箱だよ。ストレスかな？」

「まあ、試験終わってからじょじょに減らせばいいんじゃないか？」

「だな」

「……最近、麻里に会ったか？」

海が、ゆっくりと言った。彼の低いトーンにつられて、良平もまじめな顔になる。

「いや。最近は見てねーな。同じ区内だけに、前はスーパーとかコンビニでよく会ったんだけど。ま、おれたちも公園に顔出してないしな」

「試験終わったら、会いに行くか？」

「ああ、京子さんが知ってるんだっけ、実家。って、京子さんは元気？　おれに会いたがってない？」

「なんでだよ」

ちいさい笑いが起きて、空気が和らいだ。

「……前より調子悪そうだな。隠してるつもりなんだろうけど、食器棚にアスピリンの瓶が入ってるのを見た」

「……そっか」

「昼間も保険のセールスかなんかはじめてさ、会う時間も減ったし。最近では、簡単な掃除とか洗濯はおれがやるようにしてる」

軽くなった空間が、ふたたび張りつめる。良平は心底、この海という男を心配していた。どれだけ普通に振舞っていても、京子のように目のくまが深くなっている。

「だれだか知らないけれど、小蝶の家で会った男が言っていたのは、本当のことなのかもしれないな」

「――しれないなって、京子さんには確認してねーの?」

海が首を横に振る。事実を隠し、必死に取り繕って働いている京子に、そんな残酷なことを尋ねる勇気は、彼にはなかった。

「〜でもよ」

「いいだろ。ちゃんと聞くよ。高校受かったらどうあっても学費とかの話はしなけりゃいけないからな」

「あー、学費の話はするな！」

「やっぱり奨学金か？」

「……うーん、まあ、そうなるだろうな」

「そうか」

「ああ」

しんと静まりかえる。もう指に挟んだ煙草はふたつとも、今にも折れそうな白い灰になっていた。

「ひさしぶりに、ゲーセンでも行くか？」

良平が問う。海はぱっと顔を上げる。

「いいね」

とにかく無茶苦茶に、騒ぎたい気分だった。


店の片隅に置かれた、古いジュークボックス。それはまだ動いていて、昇が趣味で集めたレコードが聞ける。となりにちいさい箱があって、中にはスロットなどで使われるメダルが何枚か入っている。百円玉を入れるかわりに、それを入れてくれということらしい。

昇がまだ来ていなかったので、合鍵で入ってきた浦目は、退屈だったので曲目を眺めていた。

ふと、矢沢永吉の、知らない曲のタイトルに惹かれた。

やがて、裏口の扉が開いて、昇が顔を出した。眠たそうな目は、懐かしの曲とそこにいる男によってかき消された。

「懐かしい曲だ。〈チャイナ・タウン〉か」

「……お疲れ、様、です」

「なにか飲むか？」

浦目が首を横に振る。めずらしく、いつも隠している口もとをあらわにして、短い葉巻を吸っていた。その吸い口から顎にかけて、傷がついている。

「めずらしいな、ブラントか」

「一仕事、終えたので」

ああ、それでこの選曲なのか。昇は内心納得する。ふたりの共通の話題は政治しかなかったので、普段通りそんな内容の話になっていく。

「〈アイアンマウンテン報告書〉は知っているか？」

「密告ですね。結論としては、〈国家のために、戦争は存在しなくてはならない〉というものだった、とか」

「ああ。後日それはでたらめだったとその報告は取り下げられたが、あまりにも彼らの意志と似通っている部分があるのではないかと思ってな」

「対、テロ戦争。または、代理、戦争」

「ああ。正直逆の立場だったらぞっとしないね。〈自由か死か〉という大いなる思想の思し召しの形を世界に訴えたわけ」

「しかし、あなたも、彼らに逆らい、人民の解放を、と訴えて、いる。こんな、時勢です。気を、つけないと」

「ああ。しかし民主的な手段では金に食われてなにも起こりはしない。子どもには見えず大人は見ない。今までもそうだった。やつらが彼らの傘の中でしか生きられないと言う理由もわかる。だが強くなる北風と雨はその足元を濡らすだろう?」

「我々は、彼らを支える、靴、でしかない、と」

「……お前にしては言うな。だがそうだ。それぐらいはっきりと言ってくれていい。これでもお前の意見は信頼しているからな」

般若の形相がぐにゃりと歪む。もうそれは、だれが見ても笑顔か怒りかはわからない。沈黙の中、浦目は自らの手のひらを眺めていた。

リビングに鳴り響いた電話。京子は料理をしていた。当然の日常の流れで海が電話に出る。

「もしもし」

「うーみ？　あのね。おなかすいたんだけど」

　声の主は、空だった。受話器越しに聞いても、そのふわふわとした印象の声。しかし、その内容に首をかしげる。

「空？」

「へんなの。おばーいつもりょうりしてくれるの。おばーのりょうりはね。ママのりょうりよりやさいがおおいけど。おいしいの」

「うん」

「でもね。きょうはごはんがないの」

「どういうこと？」

「そらのおばー。きのうからずっとねてるの。そらがおなかすいたーっていってもおきてごはんつくってくれないの」

　海は、自分の手と足の先が、一気に冷たくなるのを感じた。耳鳴り、めまい。もう立っていることすら辛い。それでも聞き間違いであってほしいと、受話器に痛いほど押し当てた耳にとどく言葉は、どんどん彼の意識を遠のかせる。

「きのうのね。あれ？　おとといのね。よるにねてからずっとなの。そらおなかすいちゃった。どうしたらおばーおきてくれる？」

「どうした？」

心配そうな表情で、京子がタオルで手を拭きながらやってきた。海は口を開いたまま、そっと受話器から耳を話す。京子は嫌な予感がした。なぜ、空が、自分の家にわざわざ電話をしてきたかのか。海の手から、受話器を奪いとる。

「もしもし！　空？」

海はふらふらとした足取りで、台所のパイプいすに腰掛けて、頭を抱えた。なんで、次から次へと。おかしいよ。へんだよ。やっと、受け止める準備ができたのに。どうして。頭の中でくりかえす彼の問答は、まるで呪文だった。

「わかった！　今から行くから！　家の鍵開けて、ちゃんと中で待ってて！　いいね？」

受話器を置いて、京子はきょろきょろと周囲を探す。携帯電話と車のキーを持って、廊下に出た。海がついて来ていないことに気づいて、早足で台所に戻る。

「なにしてんの？　行くよ！」

「え、おれも？」

「このばか！　なに言ってんだ！　もしも万が一があったら、だれが空のそばにいてやれるんだ！　早く来い！　ごちゃごちゃ言ってるとぶっ飛ばすぞ！」

海のさまざまな迷いは、殴られる、というシンプルで懐かしい恐怖に上書きされた。いすに張りついて動かなかったからだが、自然と動き出す。

「早く！」

京子も気がついてはいなかった。いつの間にか、男親のように彼を勇気づけられるようになっている自分に。

家の外は新月の暗さを感じさせない。赤い夜空に、柵の中からいくつものサーチライトが雲にさす。もう、並木道の桜は散っていた。


空が泣いた。

空が泣くのを見るのは、二度目だ。海は思った。どこか、彼は冷静だった。京子が空を取り押さえるまで、動くこともできなかった。

通夜は、仏壇から出てきた春の遺書の通り行われた。喪主は京子だった。親戚筋からも恐れられていた魔女には、近しい親類はいなかった。しかし、彼女自身になのか、彼女の夫に対しての義なのか、かたぎではなさそうな弔問客は大勢いた。その中には、京子のよく知る人物もいた。恐らく、嫌がらせではなく。

そして、葬儀。彼女の希望は〝岬の近くでの風葬〟であったが、それは難しい注文だった。京子が魔女のいた郷友会の面々と話し合った結果、火葬したのち、灰になった彼女を遺言通り岬より流すことになった。

そこで、ひとつ問題が発生した。空を参加させるのかどうかというところだ。実際、彼女は死というものがなにかわからず、通夜では京子を何度も怒らせた。どこから持ってきたのか、どせいさんのぬいぐるみを手に、うろうろしたり突然歌を歌ったりして大人たちを困らせた。

しかし、京子は彼女も大人になっていくのだから、きちんと別れさせるべきだと主張した。かくして、空は葬儀に参列することになった。京子に言われるがまま、棺に春の似顔絵を入れて、元気よく、ばいばい、と言った。火をいれるボタンは、京子が押した。

そして、数名の遠い親戚たちが涙する中、ついに彼女は散りに散った。煙突からのぼる黒い煙を見て喜んでいるのは、無垢な少女だけだった。

そして、あらわれた白くてところどころ焦げた鉄板を指さして、空が尋ねた。

「おばーは？」

海は言葉に詰まる。かわりに京子が答えた。

「そこに、いるよ」

「うそ」

「うそじゃない。これから、みんなでお骨を骨壺に入れるの。そして海に流すの。何度も言ったでしょ？　もう一生会えないの」

かすれた声で、京子はすこし強く言った。目を大きく見開いて、空はみたこともないそれに近づいた。そして、ぽつりとひと言こぼした。

「や」

みんなが見ている前で、空はその熱い鉄板に飛びついて、両手で骨をかき集めだした。それは、火葬場の骨ひろいの様相だった。

「いや！　そらはそばにいたいの！　もうだれかがいなくなるのはいやなの！　もどして！　だれかおばーをもとにもどして！」

みなが唖然とするなか、止めに入ったのは京子だけだった。からん。とちいさな骨が海の足元まで転がって来た。

「空！　やめて！　お願い！」

「いや！」

ふたりの争いを横目に、だれも見ていない隙を見計らって、海はその骨を持ってきたハンカチで包んで、制服の内ポケットに入れた。それからようやく空を引き離して、抱きしめてやった。まるでけもののような声で、空は泣いた。涙雨を呼ぶほどに、強烈な叫びだった。海はまだ熱い骨が、自分の心臓の上に確かにあるのを感じていた。

沈黙の青　激情の赤

ようするに。彼らは〝神の愛〟を説いているが文化のある土地に文明を持ちこんでそこに存在する神を殺すことが彼らの〝神の愛〟なのか。それほどここにある文明と呼ばれるものに価値があるのか。同じような場所で与えられる同じような幸せ。まるで箱庭ではないか。自然を淘汰し肉塊を踏みつけて彼らはどこに行こうというのだ。神の子を殺したのはほかでもない人間の欲望だ。あるものは子どもに例えた。〝おもちゃをひとつ持っているものがほかのもののおもちゃを奪おうとする行為が国家間で行われる場合、それはもはや侵略である〟と。なぜ土地に根を生やさない。生まれたときから二本の足のかわりに自動車があるからか。飛行機があるからか。歩けないものが歩けるようになるということはたしかにすばらしいことかもしれない。それが科学だ。しかしだ。それが他人の家に土足で上がっていい理由にはならない。なぜそこまでするのだ。そこまでして宇宙にでも行きたいのか。たとえば星に寿命があるとしてそれでどうしてもそうしなければいけないというのならそれをそう言えばいいだろう。おれたちはそれぞれの国の平均寿命とやらを出されてそれを知りながら生きているのだ。いやそもそもそんなことを考えながら生きているやつのほうが少ないだろう。それはなぜか。本能的におれたちはいつ死ぬかわからないということを察知して生きているからだ。なら死を恐れてなのか文明とやらのためなのか知らないがむかう先を誤ってはいけない。おれたちは結局この大地から離れて暮らすことは不可能なのだから。しかし。もう貧富の差が多くのことをゆるせなくさせている。泥棒は泥棒だ。たとえ自分に良くしてくれている友ができたとしよう。しかし物質的にこの人物は自分を満たしてくれると知ったらその泥棒はそいつに依存する。そして彼の富の底も知らずに目先の利益だけのために悪事を働くようになる。一生の関わりあいになど目もくれずに。そしてそれが積もりに積もれば神の子を殺すことになるのだ。なにか特別な偶像というのはそうして生まれてきた。だから言う。理解されないと知りながら言いつづける。そのことをおれはやめない。おれたちは文明を棄て文化を学びそして自然へと回帰するべきだということを。そしてそのためにまず平和という実現不能な理想へと歩いていかなければならないのだということを。そしてなにより道徳や文化において他国に追随を許さない富んだ国家でありながら質素でつつましく礼を持ってすべてに接する〝武器のない国家〟であったこの島こそがそれの先駆けにならなくてはならないということを。大衆啓蒙に関しておれは無知に等しいが賛同してくれるひとびとが増えれば民主的に国家を巻きこむ政治運動になるだろう。しかし悲しいことにメディアは病んでいく国民を癒すサイコセラピー装置にしかとどまらない。だれもが〝真実の報道〟を眺めてはいるが見えていない。そして聞こえていない。ひとはみな信じたいものだけを信じて聞きたいものだけを聞くのだ。おれだってそうだ。だからこそ明るい未来を信じたいのだ。科学が金や野望のためではなく命のためにあり人間が自然とふたたび共存している世界を。そのためにおれは生かされているのだ。そのための革命だ。そのために金がいる。ひとがいる。暴力のない革命などない。今はまだ準備段階に過ぎないがいつの日か彼らにきっと認めさせる。こちら側の主張が正しいと。すべては戦争を経済活動そのものにしてしまったお前らが悪いのだと。そのためには目には目でなくてはいけないのだ。歯には歯でなくてはいけないのだ。

「……ぼくには、どうやらあなたも、かつて殺された、神の子だったように、見えます」

「次はー軍病院前ー。軍病院前ー」

うとうとしかけていた海は、車内アナウンスで目を覚ました。あわてて財布から回数券を取りだす。

彼は高校に入って、アルバイトをはじめた。理由があるわけじゃない。良平がかよう高校は同じ市内だが丘の下にあり、さらに基地が中心にあるせいで世界でもまれにしかない円環都市という街の形状がその距離を遠ざけた。みんなで公園に集まることもなくなり、時間ができた。というのが一番の大きな理由なのかもしれない。

麻里には、もう半年以上会っていなかった。そのほかの別れとは違い、彼女だけフェードアウトしたことを、海は不思議に思っていた。

――麻里にあったのは、一年前のこの季節だったな。

寂しい想いを抱えつつも、海の足どりは軽い。それもそのはずだ。今日は、空に会える日なのだ。自然と顔もほころぶ。

ジャズの流れるちいさな喫茶店。なんとなく、そこがふたりの待ち合わせ場所だった。店に入ると、海は一目散に空の待つ窓際のテーブルにむかった。

「うーみ」

「あれ。咲さんは？」

「いまきたよ」

トイレから、ひとりの女性がやって来た。彼女は、空の入所している施設の職員だ。

「こんにちは」

「どうも」

「じゃあ、空ちゃん。八時には迎えに来るからね」

「あいあいさー」

右手をひたいに当てて、空が敬礼する。

「そっちで流行ってるんですか？　これ？」

「だれが言い出したのかしらね」

じゃあね。と言って、彼女は店を出た。

海が空と会えるのは——月に一度。彼女は北部にある、とある施設に住んでいる。入所にあたって、海は京子と幾度となく衝突したが、結局は現実を思い知らされてこの形にとどまった。空に謎の〈足ながおじさん〉がいたこともあるが。

「今日はどこ行く？　なにしたい？」

彼女の暮らす都市は、高齢者が多く娯楽とは縁遠い。せっかく歓楽街に来ているのだ、彼女を楽しませてやりたい。そんな気持ちで海はいっぱいだった。

「え。うん。どうしよう？」

空の落ちついた態度が、彼の気分を一気にクールダウンしていく。空気が重たい。そのとき、喫茶店のマスターが注文を取りに来た。

「あ、ブルーマウンテンを」

マスターはなにも言わず、店のカウンターにもどった。彼はふたりの事情を咲から聞いているらしく、深く詮索するそぶりはない。

空は、窓の外を眺めていた。店内は黒を基調にしていて薄暗く、外の世界が一層まぶしく見える。この島の動脈ともいえる国道には、さまざまな形や色の車が行きかう。そこではひとも同じだった。とにかく人種や肌の色や国籍がごちゃ混ぜになっている。一見するとそこは、楽園のようにも見える。けれど、そこにあるいろいろな葛藤や目論見のなかで生きることは、容易ではなかった。

「空」

手の届かないものを見つめる子どものような顔で、空はいつまでも窓の外に目をやっていた。ふと視線に気がついて、空は交差点に視線を移す。軽自動車の助手席から、気の強そうな女性と目があった。理知的な目は、しかしすぐにそらされた。やがて信号は青になり、車はゲートのほうへ走っていく。

「空」

「あ。ごめん」

海が空の白い二の腕を軽くさすった。それで彼女は現実に戻って来た。

「どこか、行きたいところとかある？」

空は人さし指をあごに当てて、うーん。とうなった。その指の細さに、胸が締めつけられるのを海は感じていた。テーブルの上に、コーヒーが置かれる。香ばしいにおいをはなつ黒い液体。海は正直、それをおいしいとは思っていなかったが、大人になるためには必要なことなのかもしれないと、そう思っていた。

「うーんとね、うみ」

「ん？　あ、ああ。海ね。だったらビーチに行こう。ここからだとサンセットが近いかな」

自分の名前を繰り返す違和感に、海は苦笑した。空は、オレンジが入っているグラスに刺さったストローを、おもむろに回す。からからと、ふたりの気分を沈める音が響く。

「空。大丈夫？」

「そらね。まえにうーみとバスでいったところがいい。またかいがらひろいしたい」

「えっ！　ああ。えっと、どこだったっけ？」

驚きを隠せない海に、空はあわてて笑顔をむける。

「ごめん。うそ。いこう」

空が立ちあがったので、あわてて海もついていく。彼女の移動は基本、早歩きなので見失うと大変だ。それでも幾分かは、ましになったのだ。以前はほんの数メートルでも走るのが彼女の普通だったから。

海はマスターに会釈して、店を出る。支払いは〝足ながおじさん〟持ちなので、彼らは会計をする必要がなかった。

照りつける陽ざし。地面から立ちこめる熱気。べたつく浜風。空は太陽の前に踊り出て、夏の暑さを空気ごと吸いこんだ。

「げんきでてきた！」

何度か深呼吸すると、空は笑顔で振り返った。まるで満開のひまわりのようだ。海は思った。街全体が光を反射している、それは、昼に現れた星空のようだった。

重低音が窓から漏れる車内。杏はたいくつそうな表情で、車を走らせている。

「次はいつだっけ？　あーあ。つまんないな。どいつもこいつもどこへ行っても」

質問のあと、自分で会話を終わらせる。車内のあとふたりの人物が、口を開きそうにもなかったから。

「早くお金をためて太平洋を渡らなくちゃ。こんなうるさい街で暮らすなんて、もうまっぴらごめん。実際に健康被害が出ているもの」

「どんな？」

助手席で、通り過ぎる街の残像に目を凝らしていた麻里が、食いついた。ふふ。と笑って、いたずらに杏が言う。

「肌荒れ？」

あきれた表情で、麻里はそっぽをむいた。車はゲートの前で曲がり、国道を北に進む。ヤシの木が並んでいた。

「実際に、健康被害は、ある」

目を閉じて自らの脈を測り、瞑想状態だった浦目が、ゆっくりと口を開いた。杏はバックミラー越しに彼を見たが、深くかぶった帽子のせいで、その目の色はうかがえなかった。

「なになに？　どんな？」

「集中力の、欠如。低い、学力。品行の、欠落。彼らは平気で、街を汚す。しかし、それは基地に汚されているのだと、知らずに」

「説得力はあるけどね、わたしたちだって街を汚しているんじゃないの。ねー？」

麻里は、認めたくなかった。けれど否定できなくて、ふたたび窓の外に目をやった。会話が止んで、かかっていた音楽が大きく聞こえる。

「英語も勉強しとかなきゃ。あーあ。どうしてアメリカン・スクールに通わなかったのかしら。日本の英語教育ってほんとひどいよね。あんなので話せるようになるわけないじゃない」

杏がまた、ひとりで話しはじめた。

——さっさと出てやる。こんな街。

ひそかに、麻里は決意する。数人の、仲の良かった友人の顔が思い浮かんだが、それを振り払うように強く目を閉じた。

浦目の携帯電話のアラーム音が響く。そして彼は、だれにも聞こえない大きさで、鉄仮面の下でこうつぶやいた。

「白くなる、時刻だ」

流れている歌は、パブリック・エネミーの〈ドント・ビリーブ・ザ・ハイプ〉という曲だった。彼らの乗る船はどこへ行くのか。だれも知らない。

この世のはじまりのような、この世の終わりのような、そんな色をした太陽が西の海に沈んでいく。それを眺めるたくさんの観客は、地元民や観光客、兵役する軍人やその子どもたち。話に花を咲かせるわけでもなく、ただ一心に、終わる夏の日を見つめている。そこには、宗教や人種の入りこむ余地などなく、自然への陶酔による穏やかな風が吹いていた。

「きれー」

隣に座る少女を、海は横目で眺める。つないだ手は、そこに固くある。彼女との関係を聞かれると困る。彼女を愛しているかと問われれば戸惑う。それでも、海はその手を離す気はなかった。一生消えないだろう、火葬場でのやけどの跡が痛々しい。

「ほんとはね。さらってほしかったんだよ」

びゅう、と吹きつける風に、彼女の声はかき消された。

「え。空、今なんて？」

「なんでもなーい」

この世のすべてが美しいとでもいうような黒目がちの目は、信じられないものでも見るかのように外の世界に開かれている。それは、祖母から受け継がれたものではない。彼女自身のものだ。その瞳は、夕日すら吸いこんで、黒々と輝いていた。

ざわざわと揺れるマニラヤシ。潮の香り。やがてやってくる南国の夜。さざ波の浸食が削っていく砂は、流されていく。

だれだって明るい未来を望む。しかし空は、ふたりを裂くようにやって来る目の前の夜を、どうしようもないことを知りながら、すこし恨めしく思っていた。


「隣人への暴力は、解決には、なりません」

「ふん。牧師の言葉だな？　しかしおれにはつづきが聞こえる。〝しかし、その隣人が自分には持たせたくない武器を持っている場合は、徹底的に戦え〟とな。戦士になった彼らは人種の境などなく多くの血が流れたこの場所で等しく眠っている。それでも傷ひとつつかないやつらがいる。おれは彼らがむかう場所を知りたいだけだ。〝人間家畜化計画〟なんて物騒な話もあった。増えすぎる人口をコントロールするため社会犠牲はしかたないとな」

奥では、基地の局番にチャンネルを合わせたテレビを見ている人物がいた。スナック菓子を食べながら見るその男は、そこに集まる集団のひとりだった。彼がその油脂まみれの口を開く。

「むこうのテレビでは、アフリカ系の環境保護主義者でゲイの反ブッシュだった批評家が、『すべては過去のことです。わたしはアメリカ国民の一員として、ひと騒動はあったけれど勝利したブッシュ大統領の政策を支持します』なんて言ってるよ。ははっ。こりゃどうしようもないね。〈いますぐやろうぜ〉の靴メーカーとなにが違うんだって話だよ。ねえ」

長いひとり言を受けて、ふたりは間をおいてふたたび話しだす。

「あの靴メーカーは原材料を五百円。そして東アジアの労働婦を時給数十円で雇いつくらせた靴を一万円で日本で売っているらしいじゃないか。それが彼らに対する支援になっているということにだれも気づいていないことが問題なんだ」

「国旗や、リボンもですね」

「そうだ。戦争いけいけブームによって生まれた旗やグッズのほとんどは中国産だったというじゃないか」

「メディアと、企業の腐敗」

「そして癒着だ。そもそも戦争経済がいけないわけだがこの勤勉で義理堅く無知でさらに平和憲法の存在する国民にはあまりにも酷な仕打ちではないか」

浦目は応えない。自分には平和というものがわからないから。赤い錠剤を、薬品を入れるような小ビンから取り出して、奥歯で噛む。昇にはそんな彼こそが、殺された神の子のなれの果てに思えた。

「今度は通販だ」

奥の男が話しだす。

「えーっと。『こどもたち！　経済を支えるための一番正しいお金の使い道は、「ターバン巻いたテロリストの首謀者は、ただのチンピラだ」Tシャツを買うことだ。送料こみの二五ドル。今すぐ電話で注文しよう』だって。一週間後にはそのTシャツを着たやつが、ひとりくらいはあの金融街を歩いているんだろうね」

その男は、わざとニュースを曲解して伝える。しかし、彼の言葉を疑うものはここにはいない。大戦で学んだ通り、愛国心をあおるのはわかりやすい手段だったから。全体主義が生まれてしまえば、逆らう人間も徐々にいなくなっていく。どれだけその人間が倫理観のあることを言っていようが、関係ないのだ。

「あの地に祀られている火の神がこのままでいるとは到底思えない。なにかの災厄をもたらすに違いない」

「火の神？　それは、各家庭で祈る、信仰では？」

「あそこはわけが違う〈権現〉だからな。村頭八組が集まって祈りをささげたのだ。六の神とひとつの火の殿のために。それが何年ないがしろにされているのだ？　そろそろなにか起きてもおかしくない」

「それが、支配階級に対して、なら。あなたが、まさにその災厄だ。そして、あなたの言うCIAの腐敗により、あなたは事故死するという、わけですね」

昇は、あごを上げたまま、目の前の男を見た。視線は交わらない。

「新しい、争いの火種に、ならないことを、祈ります」


玄関の前に、京子が立っていた。

「おかえりー」

「……ただいま」

最近、京子さんが変だ。と海は思う。

口数も減り、ことあるごとに、シニカルに笑っている。その姿は、だれが見ても不気味だった。夜の仕事が非番のときも、ふらふらとビールを片手に家の中をさまよっている。

今の京子の姿を見ても酔っているかどうかは海にはわからない。けれど、本で読んだ、パンチドランカーになったボクサーの症状に似ているな、と彼は思った。物忘れが多くなったり、同じ言動を繰り返したり。スイッチが切れたり入ったりしているのが、はた目にもわかったから。

「空は？」

「ん？　来てないよ」

海の言葉に、京子がちいさく首を振る。

「元気だった？」

「まあ、元気だった」

「そうか」

予定調和のように、繰り返される会話。なんの意味もない。相手を傷つける言葉だけが増えていき、ついにはなにも話せなくなってしまったふたりがそこにはいた。ただよう空気感は、家族のそれにはほど遠い。血のつながらない姉弟。男と女。ひとつの家。そして歳の――経験の――差。火種になる要因は、そこかしこにあった。それを避けると、必然的に動線が交わらない。それがのちに辛くなると知っていても、彼らはその一歩を踏み出せなかった。


ある日の夜。昇の定めた集合場所に、四人の若者が集まっていた。冷徹な姉妹。情報屋。消し屋。それぞれが特性を持っている。人脈、潤滑、情報、暴行。

おのおの思うがまま歓談している。昇は、ほほ笑ましいものでも見るような表情で、そのおぞましいやりとりを眺めていた。

「杏。おれの今日の運勢は？」

昇が問う。麻里とふたりでファッション雑誌を広げていた彼女は振り返って、いつもの軽さで言う。

「あなたは、今日も丘の上から人民の解放を叫ぶでしょう。しかしそれは反アメリカ的で過激派のアカにしかとらえられず、苦しい日々を送ります。しかし、今日、思わぬ収穫が舞いこんでくるかもしれません。そのために、わたしたちはここに集められたのでしょう。——ってとこ？」


「上出来だ」

腕を組んだままの浦目が、そのやり取りに一瞬目を開いた。一行の祝詞をつぶやいて、ふたたび沈黙する。麻里は視界の端でそれを見ていながら、なにも言わなかった。浦目が持参したCDから、ザ・ルーツの名曲〈ワン・タイム〉が流れている。

「失礼します」

ドアが静かに開いて、スーツ姿の男がやってきた。

「古見の、王《ワン》か」

その界隈では名前のある王であった。外からやって来て一旗揚げた、離島の支配者だった。民主的なこの男が、ここに来る理由はひとつしかない。

「助けてくれ、わが島の民を！」

「とりあえず座れ。話はそれからだ」

そう言われて、古見の王は付添いのものとカウンター席に腰を下ろす。浦目はその光景を目にしながら、右手と左手をポケットに入れる。いつでもそれを抜けるように。

「もうだめだ。あの防衛線を守ることを国には任せられない。海賊はとらえられても国とは関わりあいがないと言っている。東側のライフルを持っていてもだ！　しかし、この島の賢者たちは待てと言う。だからあなたなのだ！　あなたしか頼れないのだ」

「そちらの状況はこちらでもある程度察している。しかし我々はボランティアではない。我々の目的に合う具体的な利益がなくてはいけない。それでなくては未来を背負うこの若者たちをそちらに送ることはできない」

王は突然、土下座をする。

「たのむ！　もうここしかないのだ！」

「頭を下げるだけか？」

「もちろんただでとは言わない。間を通すものとして、このものを自由に使っていい」

そのままの体勢で男は隣にいる若者を指す。

「屋部先生は？」

「え？」

必死の形相に脂汗をかいた男が顔を上げる。

「こちらが実際に血を流すのだ。医者はいるだろう？　でなければこの話は……」

「わかりました！　なんとか交渉してみましょう」

「それでは。その若者は今日からお預かりしましょう。裏目。送ってやれ」

うなずいて、浦目が立ちあがる。男は不信に思ったが、それをあらわすことは許されなかった。

愛想笑いだけを残して、静寂がやってくる。

「うーわ、昇さんってやっぱり怖いのね」

「なにがだ？」

「その子をこっち側に呼ぶための交渉でしょう？」

「……彼に東側と間を埋めてもらって武器を流してもらう。お前らには配ろう」

「――彼らは近寄らなくなった海賊を思って安心して、あなたへの求心力が増す。そしてその裏であなたは東側と関わりを持って、革命への支援をしてもらうというわけね？」

麻里が具体的に解説する。それは昇にうなずかせ、彼の頭の中にある計画をすこしでもはっきりとさせるための質問であった。

「だ、第三世界の民は、じ、自由の民に対しして、さ逆らう、た戦うことがで、できる」

線の細い、蹴れば折れそうな、古見に使わされた少年が言う。はずれだと思っていた一同が顔を見合わせる。思わぬ拾いものかもしれない、と。

（武器屋と医者、か。ふ。ふ）

古見の王を懐柔したことで、昇の手の届く範囲が広がった。彼の住む、思惑の島をのぞいた四つの島。列強の中に、身を投じることになる。だれもが思っていた。あとには退けない、と。昇はひそかに誓っていた、たとえこの身を焼かれても仇を果たす。と。

雑草で頬が切れる。血がにじむ。あたたかい。ほっとする。今度は腕が切れる。赤色。きれい。でも、この先に――もっと。もっと。そう思いながら、空は歩く。アスファルトを歩くとぺたぺた鳴るお気に入りのぞうりは、がさがさと草むらを歩く。だんだん早くなって、ついには走り出す。風のように。風になれ。会いに行ける。会いに行きたい。あふれる想いが声になる。むちゃくちゃに叫んだら、光がこぼれた。

空は、よく施設を抜け出してここの砂浜に来る。そこでの暮らしになじめないわけじゃない。不満があるわけでもない。いちおうは年長者であるので、ちいさい子の世話を焼く。役に立っていないわけではない。

それでも彼女は、そこにやって来る。かつて海と見た景色とは違うけれど、思い出の場所じゃないけれど、今にも爆発しそうな内側にたまったなにかが、足を向けさせる。近くなった夜が、真っ赤な太陽を連れて行く。行かないで、と空は思う。夜はさみしいから。けれど、早くして、とも思う。彼に会いたいから。きっ、と空はにらみつける。だれにでもなく、なににでもなく。ただ目の前に広がる大海をにらみつける。そうしていないと、自分が砂丘に立つ塔のように、崩れていってしまう気がしたから。

そのとき、突然の夕立が空を襲う。彼女はただ、立ちつづけた。雨に倒されてしまわないように、踏ん張った。母親が最後に買ってくれた、聖者の娘が着るような白いワンピースが濡れても。京子がプレゼントしてくれたハートのポシェットが濡れても。海が残してくれた祖母の骨の入った小ビンが濡れても。彼女は動かなかった。すぐやむ雨に、負けたくなかったから。土砂降りの月曜日。彼女は立ちつづけた。

空は知っていた。彼が教えてくれたから。雨が降っていても、その上は晴れだと。地球は回っているから、やまない雨はないと。それさえ知っていれば、どこにでも行ける気がした。なんにでもなれる気がした。しかし、守りたい想いは、距離というものによって今にも張り裂けそうだ。

彼女は駆けた。引き返したのではない。そのまま目の前の青に飛びこんだ。いや、もはや青ではなかった。泥が溶けだして、砂が流れ、汚れた雨によってあざやかな青はそこにはなかった。

「かえして！」

空は叫んだ。なにを返してほしいのか、彼女にもわからない。まるで自分を抱きしめるように、両腕でいっぱいのさざ波を抱いて、彼女は沈んだ。からだじゅうが海水に満たされたような感覚のあと、気持ちが安らかになっていくのを感じていた。必死に生きようとする心の音。容赦なく打ちつける雨の音。時流のようにうねる波の音。そのままどこまでも流されて行けそうだった。けれど、ふいに苦しくなって水面から顔を出す。いつの間にか、肩がつかる位置にまで来ていた。

「空ちゃん！」

金切り声のしたほうを、空が振り返る。施設の職員の咲が、ざぶざぶと波をかき分けて歩いてくる。その必死の形相が恐ろしくて、空はその場から動けなかった。やがて、咲が空のちいさなからだを強く抱いた。

「死んじゃだめ！」

「……そら、しなないよ？」

「姿が見えないと思ったら。あわてて追いかけて。それで。……危ないじゃないの！　ひとりでは泳いじゃいけないって言ったでしょ！」

息を切らしながら、咲はまくしたてるように言った。その必死さが伝わってきた。空の胸に、あたたかいものがこみあげてくる。

「……ごめんなさい」

「うん。さ。早く帰ろう。風邪ひいちゃうわよ」

咲はまるで、みんなが自分の子どもかのように接する。ママみたいだ。空は思う。優しくて、強くて、かっこいい。咲さんは守ってくれる。いつどこにいても、困っていたら飛んで来る。弱いひとの味方みたいなひとだ。けれど。空は思う。

「——でも。ごめんなさい」

「もう謝らなくていいから。行こう」

ごめんなさい。生きるためには、行かなくちゃいけないんです。待っているひとがいるんです。ごめんなさい。でも大好きです。ごめんなさい。どこにかはわからないけれど、海といっしょに、生きるために行かなきゃいけないんです。生きるために、海といっしょにいなきゃいけないんです。ごめんなさい。ありがとう。咲さん。ありがとう。空は、心の中で繰り返す。そして、生まれたちいさな決意を、あたためていこうと、そう思っていた。

夕日が沈んで、満天の星空が広がる。北部の夜景を、流れ星が入りこんでしまいそうなぐらい口を開けて見上げながら、空は家路へ帰る。水びだしのぞうりからは、ぺたりぺたりと音がする。空の歩くのが遅いのを、咲は注意せず、手をつないでいっしょに星を見上げながら歩く。そのちいさな手のちょうど真上に、天の川が流れていた。

その日は、八月十五日だった。

苦しみの種、喜びの花

良平は、廊下に立っていた。ただ立っていたわけではない。客を待っていたのだ。アンパンに、アメ。体操着を入れるような袋に詰めこんで、だれかが声を掛けるのを待っていた。

「良平。アメちょうだい。二個」

すでに態度のおかしな女生徒が、話しかけてくる。最近常連になっている女だった。なれた手つきで、青い錠剤をふた粒ちいさい紙袋に入れる。ハグをするふりをして、お互いのポケットにブツをいれる。

「ありがとねー」

「またご用命をー」

ふう。良平はため息をつく。ほとんどの人間が、自分の使用する分しか買っていかない。これでは利益もへったくれもなかった。入学したからには卒業したい、というのが彼のまぎれもない本音だった。

父親の新しい仕事先が見つからないまま失業保険が切れ、ついに良平の稼ぎが家族を支えることになってしまった。妹のために――と、愚痴ひとつ言わず働く。しかし、学校も通いながら掛け持ちできるアルバイトなど、たかが知れていた。そうして彼は、いつの間にかスクール・プッシャーになっていた。

――このざまを海が見たら、なんて言うかな。

自嘲と諦めを重ねたような笑いは、決して彼がまともでないから出たものでは、ない。

「よう。ブラザー」

見知らぬ男子生徒に声を掛けられる。白い肌に、青い瞳。しかしその瞳孔は開き気味だった。

一瞬で事態を察知した良平は、営業用の笑顔をむける。

「どうした、ブラザー」

「……〈マリアンナ〉はあるか？」

「――残念だけど」

「そうか、ならあんたのお勧めでいい」

良平は、こいつは上客になるかもしれないと踏んで、握手するようにハンドサインを交わし、その瞬間にちいさいジップのビニール袋を、彼の手に潜りこませた。

「四、五、ぐらいいか？」

「四でいいよ」

「……今から試してくる。よければ放課後にむかいのゲーセンで会わないか?」

そう言いながら、男はふたたびハンドサインを交わすように、良平の手の平に現金を滑りこませる。良平は笑顔でうなずいた。これほど早く、商談がまとまることもめずらしい。

そうしてその男と別れた。それからしばらく、良平はそこに立っていた。やがて昼休みが終わろうかというころ、先ほどの女生徒が走ってやって来た。

「どうした?」

その女生徒は、もう顔面蒼白であった。息を切らして良平の両腕をつかむ。

「由美が!」

「どうした?」

「飛ぶって言って、ナツメグを大量に飲んで、倒れちゃった! どうしよう!」

「どこだ?」

「え」

「いいから連れてけ!」

始業の鐘なんて関係ない。ひとの生死に関わるのだから。売る側にとって一番怖いのは、それを知りたての、自分でコントロールできない人間だ。良平は客に売るとき、配分や期間を考えるぐらいのことはする。しかし市販のそれで〝事故〟が起きてしまったら、対応のしようがない。

自分が不正に仕入れているルートがばれてしまったら。そんな下心も吹き飛ぶ勢いで、彼は走った。

茶道部部室。——とは言っても、ほとんど出会いのための部活という感じで、昼間は上級生ふくめ、そういうスポットになっていた。

「良平！　どうしよう！　救急車？」

「落ちついてください。見ますから」

そっと、女生徒の手首に触れる。脈はすこし早いが、早すぎるということもない。まぶたを開く。一点を見つめる瞳は、ぐるぐると回っていることもない。呼吸も浅いがちゃんとしている。

良平ははあ、とため息をついて言った。

「大丈夫ですよ。おそらく、脱水症状から来る日射病とか、飛びすぎたことによる過労とかでしょう。保健室でこと足りますよ」

「ばれたりしないかな？」

恐る恐る、まじめそうな身なりの上級生が良平に声をかける。ひとの心配よりわが身、という態度は、はた目に見ても吐き気がする。まあ、思っていておくびに出さないやつよりはましだ、彼はそう思う。良平は鼻で息を吐いた。

「大丈夫ですから、連れて行ってあげてください。副会長。こう気温が高いと、なんとでも言い訳が聞きますから」

良平は残念に思っていた。ちいさくとも、ひとつ、マーケットが減ったのだから。

京子は喋らなくなっていた。精神状態の不調はからだにも支障をきたし、仕事に影響する。料理をつくる気力すらもわかない。それでも海のぶんはつくるのだが、自分がなにかを口にする気にはなれなかった。スポーツドリンクで、彼女は過ごした。たまに黒砂糖を食べるぐらいで、本当になにも口にしない期間が長くつづいた。気が狂いそうになったら、酒を飲んだ。次の日はさすがにおかゆをすすった。なんど図っても、体重計は四十の文字を越えない。以前あった手の震えや息苦しさは治まった。しかし、起きてから寝てまでつきまとう倦怠感と虚脱感は、彼女の精神をより食い潰していった。そのころになると、夢のない眠りを彼女は忘れ果てていた。

そして、なにより彼女を悩ませたのは、突如流れ出る感情の奔流であった。ともに暮らす弟同然の彼への焦燥。それは積もりに積もっていた。もう、後ろ姿を見れば父親に重ねて、飛びつきたいぐらいだった。そして、悲しいことに、そんな彼女の心もからだも癒せる人間は、昇しかいなかった。

「起きろ」

容赦も、情けもない声で京子は起こされた。

「……あれ？　あたしいつ寝た？」

「ついさっきだ。おれは行くべき用事が出来た。ここは泊まりになっているから自由に使うといい」

昇はネクタイを締めていた。

「帰ら、なきゃ」

京子はその細腕で、上体を起こす。ぼやける視界に入った時刻は、もう早朝であった。

「気をつけろよ」

「――どっちが」

男は口を歪めて、そうだな。と言うとさっさと部屋を出てしまった。京子は途端に気が抜けてそのまま白いシーツにくるまった。遠くで、やけにエンジン音のうるさい車が走っていくのを感じると、彼女の意識は惰眠のかなたに溶けていった。安物のカーテンが、やけに日を通して、安眠させてはくれなかった。

「洋」

寝言のようにつぶやかれた彼女の言葉は、部屋の四隅に染み入って消えた。そのかわりに、彼女に悪夢をもたらして、その鼓動を早くさせる。近くの建築現場で、重機が動きだしていた。

昇のバーに数人の若者が集まっていた。

「だから、今のヒップホップのなにがいけないかって、それはアメリカも日本もだけれど、つくりもののギャンスタ話を信じこませようとしているってところなのさ」

脳細胞。とか、頭脳。とか、もしくはオタク、と学校で呼ばれている男が、熱く語る。彼は知識こそすごいが、典型的な内弁慶だった。

「なるほど。でもやばいのと関わっているラッパーも山ほどいるよ?」

杏が口をはさむ。彼女は彼を好意的にとらえてはいない。しかし、昇のもとで同じ道を歩むものどうし、という仲間意識は彼女にもかすかにあるようだった。

「彼らがいつ政治的な運動を起こしたって言うんだ? 〈陽気なジェンキンス〉の話をして何人がしっかりと理解していると思う? それがわからないようなラッパーならいらない」

「でも、日本語の詩的表現はなかなか扇情的だと思うんだけど」

麻里が割って入る。

「大麻《メリージェーン》がそう言ってるよ? サイコ・ビリ」

「ビリーだ。なら、そうだな。偉大な詩人の詩を紹介しよう。『太陽はチンピラじゃない。彼はいつもそこにいる。お前が銃を抜こうと逃げない。その影響力は尽きない。ここが暗くなったら、日本が昼だ――』これは一九九〇年代を席巻した……」

ドアが開く。一年前からは想像もつかないほど騒がしくなった店内を見渡して――姉妹の後ろのテーブル席に座る気にもなれず――浦目はひとり、カウンターに座った。

「なにか飲むか？」

「――ヨウ化、カリウムを」

「……お前にしては用心深いな。まさかダクトテープまで買ったわけじゃあるまいな？」

昇は皮肉を吐きながら、カウンターのピルケースをあさる。浦目が冷静に応える。

「毒ガス、兵器などの、対策のためにダクトや窓を、ふさぐテープを買いましょう。という報道ですね。そんなもの、無意味ですよ。寿命が、ほんの数週間、のびるだけじゃ、ないですか」

浦目の前に、プラスチックのケースが差し出される。錠剤が六、七個前後入っているだろうか。

「いつものように引いておく」

「……そんな、安っぽい政策とは、違いますよ。最悪の、状況を考えて、行動している、だけ、です」

昇はなにも言わない。数人が一度に火をつけて、かぐわしい香りが、店内に充満する。唯一の非喫煙者である杏だけが眉をひそめる。美容に悪いから、というのが彼女の意見であった。

浦目は、ヨウ化カリウムを噛んだあと、小ビンにはいった結晶をあぶってストローから吸いこんだ。目の前で火花が散ったような感覚が起こり、身震いを起こした。目をかっぴらいて、数分間天井を見上げつづける光景は異常だが、だれもとがめるものはいない。

危険物を積んだ、ブレーキも敵もない暴走列車のごとく、彼らは突き進んでいく。車輪が上げる火花は赤く、まるで悲鳴のようだ。そして線路内に入ってくるものを、次々弾いていく。先頭を走る車両が、脱線するまで。

空は、ひとりになってどうしようもなく寂しくなったら、祖母が歌っていた歌を歌った。それが祝詞であることを、彼女は知らない。しかし、歌うと勇気が湧いてくるようだった。歌の中で、彼女の祖母は生まれかわり、現れる。滅びに瀕するその歌は、生まれる前に七つの橋を渡って来た彼女にしか、歌えるものではない。神歌。まだ存在する、たしかなもの。歌い終わると、空は歩き出した。道行くひとの注目を集めてしまったこともあるが、もうひとつ知っている祖父の子守唄は、歌う気にはなれなかった。

下界と霊界の狭間で、しかし気にせずに彼女は歩く。すべてがはっきりと見える彼女には、どちらも同じ世界。七つの遊びと、橋と歌。魔女の言うように、時代が違えば、彼女は導くものになっていたのかもしれない。

「いやだ！」

「お願いだからさ、聞いてちょうだい」

目に見えない溝は、思うより深くなっていたのか、海と京子は切れかけの蛍光灯のしたで、言い争っていた。一方が痛みを拒絶しはじめたことが原因だった。

家を売ってアパートに引っ越そう。京子の言葉は、張りつめた風船を針で刺すような行為だったのかもしれない。激情の奔流。事実を事実として受け止めても、受け入れられない現実がそこにある。それでも、世界である尺度と定められている金をくつがえすことなど、だれにもできない。

「いやだ！」

「ならどうする！」

「それは……」

「答えられないだろ？　愛するひとすら救えないくせに、親族や家のことに対していやだとか言うな！　今からひとりで生きていけるとでも思ってんのか？　無理だろ？　住む家を失うのは辛い。けど、なにもかもを失って空に会えるのか？　彼女を救えるのか？」

海はなにか口ごもりながら、弾かれた銃弾のように京子へ背をむけて、外へ飛び出した。

「海！」

京子は立ちあがったが、大きなため息とともにどかりと座った。海はびびりで、へたれのくせに度胸のある、不思議な一面があった。彼の心を不安定にさせているもので、京子の苦しみの種だった。髪をかき上げて、煙草を口にくわえる。火をつけようとしたとき、京子は視界がにじむのを感じた。

「戸を開けっぱなしとは不用心だな」

涙がこぼれる寸前、身震いするほど低い声にそれはせき止められた。京子にはふりむかずとも、声の主がだれなのかわかった。火をつけようと、火打石を親指で何度も回す。

「は。もうすこし、待って。今、弟を説得してるから」

「ふむ。――そうか」

何度も何度も親指でこすり下げる。熱くなる石と激しくなる動きとは裏腹に、炎は顔を出さない。京子はついに腹立たしくなって、食器棚にむかってライターを投げつけた。それはガラスを突き破り、安物のコップを砕いた。頭を抱えて、うつむく。その様子を見ても、昇はなにも言わず、ポケットから百円ライターを取りだして、つくえに置いた。

「また連絡する」

京子は応えなかったが、昇はそれを肯定と捉えた。昇は日を改めようと、薄暗い台所に背をむけた。

そのとき、電話が鳴りだして昇は足を止めた。振りかえる。京子が立ちあがる気配はない。なんとなく彼は引きよせられて、ディスプレイに表示された番号を読み上げた。京子は、はっとした表情で顔を上げた。

「取って」

昇は言われるままに、受話器を京子に渡した。京子は急いで彼に近寄ったために、散乱した破片で足の裏を切った。でもそんなことは、今の彼女には関係ない。

「はい。もしもし。はい。起きてました」

昇は台所のテーブルに腰かけて、煙草に火をつける。京子のあわてぶりに、ただごとではないと感じたから。そこに打算の入りこむ余地はなく、私情しかなかった。

「空ですか？　いえ、来ていませんん。いなくなったって、どういうことですか？　はい。はい。わかりました。思い当たる場所を探してみます。はい。失礼します」

京子は受話器を置いて、あわてて出る準備をする。昇は先に外に出た。隣の空き地に止まっている車にむかう。

「どう、しました？」

「お前ら先に帰っていいぞ」

「あら。お楽しみかしら」

「杏！」

「はーい」

「この番号がどこなのかだけ調べておいてくれ」

昇は手帳に先ほど見た数字を並べ、千切って杏に手渡した。

「はいはい。お安い御用です」

「たのんだ。さっさと帰れ」

「はいはい」

杏はエンジンをかけて車を発進させた。玄関にもどろうと昇が振り返ったときには、京子はもう車に乗りこもうというところだった。昇は小走りでむかい、錯乱状態の京子の腕をとった。

「なにがあった？　どこへいく？」

「あなたには関係ない」

「……ともかく、家の戸締りくらいはちゃんとしてからいけ」

「あ」

戸が開け放しのままになっているのに気がつて、京子はあわてて引き返す。震えた手で、鍵をかけて、車に乗りこんだ。

「で、どこへいくつもりだ？」

「うわっ！　驚かさないでよ！」

すでに――それが当たり前かのように――後部座席に昇が座っていた。彼はもう一度言う。

「どこに？」

「……わからないけど、あのふたりがいつも落ち合っている喫茶店に行ってみようと思う。住所とお店の名前が、携帯にメモしてあったはず」

「空ってだれだ？」

「……あの子の、守りたい太陽」

エンジンをかけて、車を発進させる。思ったより、彼女は落ちついていた。それが昇との会話によって、生まれたものと知らずに。〝ラブ・イズ・ブラインド〟が流れている。ジャニス・イアンだ。赤く染まった夜の街が、ふたりを引き寄せる。

なんとなく、海はあの浜辺に来ていた。空と先月来たその場所で、潮風にむかい合っていた。なにをするでもなく。思考しようとする感覚を振り切って、なにも考えないように、ただ立ち尽くした。

満月が、夜のベールにつつまれた水面に、白い道をつくりだす。その水平線のむこうには、大陸がある。まだ見ぬ豊穣の地が、彼の記憶を呼び覚ます。

彼が子どもだったころ。そこにつくりものの大地や、化学に彩られたコンクリートの街は、まだ存在していなかった。美しい緑の宝石のような大海原が、そこにただ横たわっていた。銀に光る砂浜。大空と雲。夕焼けの長い影。飛行機雲をひたすらに追いかけては、虹のはじまりを探しているような、そんな少年時代だった。それを経て、彼はふたたび大切な想いを見つけ出した。けれど、彼はまだ子どもで、その想うひとになにひとつしてやれないと思っていた。自分のちからでは、なにひとつ救ってやれないと思っていた。彼女の心の底からの笑顔を取り戻したい一心が、胸の奥につっかえていて、それが海を苦しめていた。

「やっぱり。うーみだった」

やわらかな声がして、海は驚き、後ろを振り返った。街灯を背にした、矮躯の少女が立っている。ぬいぐるみを抱くその手には、鼻緒のとれたぞうりが握られていて、傷だらけの白い足が痛々しかった。海は驚きよりもその光景に魅入られて、固まってしまった。息をすることも、動くことも許されない。

「うーみがくるのおみせでまってたんだけどね。うーみにそっくりなひとがあるいていたからおいかけてきた。したらね。やっぱりうーみだった」

その嬉しそうな笑顔こそ、自分の探していたものだ。海は彼女を強く抱いた。やさしくしてやりたいのに、入るちからを抑えきれなかった。もう自分の感情をごまかすことはできなかった。そう、彼は、また空にひと目ぼれしてしまったのだ。

「うーみ。いたいよー」

笑顔のまま、肺の奥からしぼり出したような声で、空が言う。しかしその言葉にも、海は腕のちからを緩めることはできなかった。

「ごめん。空」

生きていこう。ふたりで。

若さゆえの、悲しい決断。しかし、だれが春の息吹を止めることができよう。対になるふたりはむかい合う。相手の姿を捉えられる距離で。一方はそのむこう側に「夢」を見て。一方はそのむこう側に「家」を見る。そんなふたりを、いったい世の中のなにが止められるというのだろう。

あたたかい大地の中で冬を過ごした苦しみの種が、芽吹く季節。すべてのものを祝うはじまりの季節。やがてその種は花を咲かす。熱い夏の荒野に、まっすぐにその背をのばすために。

雷鳴

稲妻が走り、大地が裂ける。うずくまる老女。吐しゃ物をつつく、からすの群れ。吹きすさぶ恨み辛みの源流が嵐になる場所。その地底に住まう血の民。廃棄されたいくつもの命。暮れ。魔道師が誘う争いのあと。刃物を持った少女に宿る神。黙殺されたいくえもの気持ち。果てしない旅路。航路。路面。鬼面。鬼瓦。対の獅子。赤い道。

浦目は、悪夢の果てを見て、飛び起きた。今が何時でここがどこかを考える前に、横で寝息をたてる杏に気がついた。彼女の家か。嘆息して、そのまま洗面所へむかう。全身がびっしょりと冷たい汗に覆われていたので、浦目は熱いシャワーを浴びようと思った。

日当たりの悪いせいか、夏なのにタイルは冷たく、彼を不快な気持ちにさせる。電気はつけないまま、水を出した。立って打たれているのがしだいに辛くなって、彼はそのまま床に体育座りをする。

思い出すのは、夢の最後。血塗られたナイフを握りしめて笑う少女。その表情が浮かぶたびに、百戦錬磨のはずの彼は身震いを起こした。その顔が、頭に焼きついて離れない。

どれぐらいそうしているのか彼がわからなくなったころ、風呂場のドアが開いて、うす目の杏が顔を出した。

「なにしてるの？」

そんなことは、見ればわかる。つまりは、なぜ、この時間に、シャワーを浴びなければいけないのかということだろう。そんなことは、浦目もわかっていた。けれど、なにも答えない。ドアが完全に開く。杏は、ネグリジェからのびた足を折って、浦目に視線を合わせた。

「そんな表情のあなたも、最高ね」

おどけて見せる杏に、冷たい視線が注がれる。

「ね？」

「……戻ってろ」

「ふーん。じゃあ、『犬のようにやろう』ってこと？」

「黙れ」

不敵な笑みを残して、杏は身をひるがえす。どんなに無意味な行為だとわかっていても、浦目は自らの汚れを洗い流すため、座りつづけた。思考を放棄して、夜の垢が流れていく排水溝の一点を、彼は見つめていた。

安い民宿への、一か月の宿泊。そのあいだ、海は身を粉にして働いた。最初は勝手がわからず、もうけはほとんどなかったが、やがて路上と学校。ふたつにそれなりのカスタマーと呼ばれるヤクの売人をもうけて、なんとかやりくりしていた。

「どんな家に住もうか？」

空に声をかける。彼女は白紙の上に没頭しているらしく、彼の声は届かなかった。

「やっぱり、この街を離れて、すこしでも静かな場所がいいかな。基地や演習場のある場所はさけるとして」

「いや。ここがいい」

聞いていたのか。ひとり言のつもりで言った言葉に、彼女が反応する。海はやさしい心持で、彼女のそばに腰かけた。クレヨンと色鉛筆とマジックと絵の具を駆使して、だれにも描けないような絵を、空は描く。

「それは？」

指さした先を彼女は見て――言葉を探しているのか、それがなんだったのかを思い出そうとしているのか、妙な間のあとに口を開いた。

「まえにみた。さいてた」

その言葉を受けて、ああ、花だったのか。と海は思った。しかし言われてみれば、見えないこともない。彼女の目にはこう映っているのか、彼は二度三度うなずいて、彼女の頭をなでてから部屋を出た。

「いってらっしゃーい」

行くな。という含みを持たせた嫌みな声で、空は言った。同時に自己嫌悪に陥る。なぜやさしく見送ってやれないのか。自分は自分の世界にしか収まれないという劣等感からなのか。それとも単に、恋人が外でなにをしているかがわからないから嫌なのか。それは彼女自身にもわからなかった。

「……いってきます」

海はすこし大きめの紙袋を手に、民宿を出る。宿の主が酒の席をもうけていたので、一礼して建屋をあとにした。

今回は、ある量と引き換えに、銃を手にすることができるということだった。それが彼女を守るために必要なのかという疑問は、彼の中でも尽きなかったが、世の裏側を知っていけばいくほど、必要だと感じていた。そこにはもう、自分の保身しかなかった。

待ち合わせの公衆電話の前に、黒塗りの外車が停車していた。エンジンは切っているようで静かだったが、その沈黙は彼の不安な気持ちをより煽った。しかし、ここで退くことはできないし、自分の名誉に傷がつくかもしれない。おそるおそる近づくと、後部座席のドアが開いた。乗れ、ということなのだろう。男は、わざと大げさに乗りこんで、明るい口調で話し出した。

「いやー。運がいいよ。今回は上モノで」

そこまで言って、隣に座っているのがだれなのか気づく。褐色の肌。切れ長の目。長かった髪は短くなってはいるが、かつて会ったことのある人物だと、彼は察知した。

「ま」

相手の名前を呼ぶ前に、自分の腰になにか固いものがぶつかった気がして、彼は視線を下げた。まがまがしい、黒い鉄のかたまり。一瞬で彼の体温を下げた。生つばを飲みこむ音が、車内に響いたかのようだった。殺される！　自分はこんなものを欲しがっていたのか。だれか！　ひとが来ないからってこの道にしなければよかった。助けて！　さまざまな感情が彼の心を駆け巡った。知っている人物が、知らない目で見つめている。全身にふつふつと、鳥肌が立っていくのを彼は感じていた。

「……はじめまして。神谷海。……ジェーンよ。よろしく。抵抗したり逃げようとしたりしないでね。話をするだけだから。引き金、引かれたくないでしょ？」

海は、もう縦にうなずくことしか許されなかった。女は、その黒金を彼のからだからすこし離した。しかし、そのブラックホールのように吸いこまれそうな黒い円が、彼をまだ見つめている。

「行くところがあるから、しばらくドライブにつき合ってもらおうかしら。ドライバー！」

「あいよ」

　ストローハットをかぶった男が、車を走らせる。丘を下り、霧を抜け、車は海の知らない道を走り出した。

　道中、こんな会話があった。

「やっぱりベンツはいい車ですよね。この走行感とハンドリング、足回り。すべてにおいていいバランスだと思います」

「……運転のことはわからないけど、わたしはあんまりこの車好きじゃないわ。主人に忠実な気品のある車のはずなのに、この街じゃ下品な運転の免罪符に使われている気がするもの」

「あー。そうかもしれませんね。エンブレム見るだけでみんなびびりますもんね。ま、実際乗れるやつなんてなかなかの人間か、車に人生かけてるやつに限りますけどね。あねさんは、どんな車が好みなんですかい？」

「……年上のくせに」

「はい？」

「プリウス」

「はあ」

「あれこそバランスがいいと思うんだけど。排気量。エネルギー効率。グレード」

「はあ。なるほどですねえ。おれは運転したことないんでわかんないですけど、走ってる姿も急いでいない感じがしていいですよね。少年はどんな車が好きなんですか？」

「え」

「ドライバー」

「はいはい。すいません。運転手は運転のみに集中するものですよね。しつこいやつらは巻いたんで、あと十五分ってところですかね」

ついた場所は、看板のない一軒のバー。それも、〝ディエゴ・ストリート〟と米兵たちに呼ばれる、基地の近くでありながら多くの人種と文化の交わる場所であった。

中に入ると、暗い店内。海はすぐに気がついた。カウンターに立っている男は、小蝶の家から出てきた男だと。奥のテーブルでは、ドレッドロックスを帽子に隠したような、初老の男が気味の悪い笑顔で本を読んでいた。

「連れてきました」

「ごくろう。まあ座れ。おれはすこし席を外す。ドライバー。浦目をむかえに行ってやれ。それが終われば帰っていい」

「了解です」

そうしてカウンター席に、海と麻里は隣り合って座った。

「あのさ」

「屋部さん。外してもらっていいですか？」

声をかけられて、奥に座っていた男が、あくまでゆっくりとした動きで、店の外に出た。ふたりの目の前には、昇が出した水割りが置かれている。

しばらく沈黙があって、グラスの中の氷がからん、と音を立てたのがきっかけになって、麻里が先に口を開いた。

「久しぶりね。元気だった？」

「あ、ああ」

「どうして？」

「え」

主語がなかったので、海が聞き返す。

「あなたはたしかに、候補のひとりだった。それでも、売っていたブツはソフトなものだったし、軌道にのっていたはずよ。なんで今さらチャカなんて欲しがったの？」

麻里の表情は、鬼気迫るものだった。海はその気迫に気おされて、口ごもってしまう。麻里は、水割りをジュースのように一気に飲み干した。

「……女の子」

「なに？」

麻里は海を一瞥すると、鼻で息を吐いた。

「愛するひとに人生かけるなんてあなたらしいけど、わたしにはやっぱりわからない。時間が経つのを待って、それからふたりでまっとうな人生を送ればいい。しばらく同じ生活をして、やばくなったら足抜けをすればいいだけじゃない。なのになんで？」

あなた、と呼ばれた違和感。なぜ空のことを知っているんだ、という疑問。そしてなんで、という質問の不透明さ。頭がこんがらがって、海は応えられない。

やがて、昇が裏口から戻ってくる。麻里は踵をかえして、店を出た。しかたないやつだ。とでも言うように眉をひそめて、昇は海の前に立った。

「洋のとこの長男だろう？」

「あ、は、はい」

圧倒的な存在感と狂気にあふれた目は、海の心にも危険信号を点らせた。**危険危険危険危険危険——！**　頭の中でだれかがそう言っている。けれど、海は動けなかった。影を縫われたのか、そのいすから立ち上がることができない。しかし、最悪の想像と家人への思いやりが、彼の口を突き動かす。

「父ちゃんがいなくなって、借金がかさんでいるんですか？　すみません。京子さんを責めないでください。悪いのはぼくなんです。お金なら稼いで必ずかえしますから。もうすこし待ってください。お願いです」

その勢いに押されて昇はのけぞったが、目を閉じて、なにかを考えているようだった。

「ふ。ふ。ふ」

スタッカートで切ったような笑い。海は恐怖のあまり、目がちかちかするのを覚えた。

海にとって幸か不幸か、昇は知っていた。ひと並み外れた〝優しさ〟と〝弱さ〟を持った人間が、ときに怪物に生まれかわってしまうことを。


コンコン。ノックされて、空はドアの前にむかう。海はなにも言わず入って来るので、考えられるのは民宿の主人か、その妻だけだった。

「はーい。なんですかー？」

「空ちゃん？　下にお客さんが来ているんだけど……」

その声は女性だった。妻のほうだ。

「そらに？」

「ええ。家の前にいらっしゃるわ、わたしたちはリビングでお酒飲んでるから、なにかあったら言ってね」

それだけ言うと、顔も見せずに階段を下りていく音だけが聞こえた。

自分にお客さん。疑問を持たないこともなかったが、彼女はぞうりを手に、玄関へむかう。リビングを横切るときは、足音を立てないように、そうっと通った。今泊まっている客とはほとんど顔見知りだったが、話しかけられるのが嫌で、彼女は顔をふせた。彼らは、空のことを嫌っているわけじゃない。むしろ好きなのだろう。それでも、彼らの声掛けひとつが、空を悩ませる。

玄関を出ると、野球帽を深くかぶってネックウォーマーを鼻まで上げた、長そで長ズボンの男が立っていた。空は、本能的にその人物が客人だとわかった。

「あのー」

「……あ」

「はい？」

「君、が、空？」

「はい」

空は、笑顔で応えた。身構えることなどない。男の濁った眼のうちに、深い悲しみを見た気がしたから。そして、彼が自分の愛するひととどこか似ていると、そう感じた。

「海、の、友だちなんだけど」

「あー。うーみは。おしごとだからってどこかでかけちゃった。ごめんなさい。いつかえってくるのかそらにもわからないの」

ふかぶかと頭を下げて、そのあと空はくったくのない笑顔で笑った。だれにも怒れないような、強い笑みだった。

浦目は、しばらくぽかんとしていたが、やがて、愉快そうに目を細めて言った。

「『愛嬌とは、自分より強いものを倒す、やわらかい武器』か。勉強させてもらったよ。海には、また会いに来る、としよう。今日のこと、は内緒だ。彼に、悪く、思われたく、ないからな」

「うー。ないしょ？　ひみつ？」

「そうだ」

「うー。わかった。うーみとおなじかんじがするからしんじる」

浦目はその目を開いたが、なにも言わずに去った。はじめて彼に黒星をつけたのは、腕力でも、武器でも権力でもなかった。飾らないそのままの生きるちからが、彼を屈服させたのだ。

帰り道。浦目は、あの夢に出てきた少女こそ空ではないのか、という考えを一瞬抱いたが、それは運命論すぎるだろうと自らを嘲笑した。その日は新月だった。


あの日から一年。県内のニュースでは、大きく取り上げられていた。渋滞。警官隊。機動隊。消防車。救急車。米兵。学生。黒煙あがる古里。学生がのんきにインタビューを受けている横で、草刈の恰好のままの老女が「戦争だよ。戦争がはじまったよ」と、息を巻いていた。そこで、昇はテレビの電源を消した。吐き気がするかと思ったからだ。

「沖国大にヘリが墜落して、一年、ですか」

「ああ。しかし、本土でもここでも、報道ができることはここまでだろう。今の社会にここの民意など繁栄されることはない」

浦目は、親指大の紙切れを一枚ジップから出して、舌の裏に潜りこませた。唾液がすぐに増して、それを溶かしはじめる。

「おれは怒っているのだ。これはヘリひとつの墜落ではない。そもそも戦争にこの国が加担しているという時点で違憲であり、今すぐに火炎瓶が街にあふれてもおかしくない状況をつくり上げたわけだ。このころおれは戦争のことで頭がいっぱいだった。あれから一年後自分がこんなところにいるなんて思ってもみなかった。その場所からストロンチウム九〇が検出されたとおれが聞いたのは県民大会のあとだった。しかしこの島に暮らす裕福と贅沢と豊かさの違いもわからない若者たちは立ち上がらなかった。隣人愛を説く隣人が殺人罪！　殺人未遂罪！　殺人予備罪！　傷害罪！　傷害致死罪！　収賄罪！　偽証罪！　建造物損壊罪！　器物損壊罪！　威力業務妨害罪！　業務上失火罪！　凶器準備集合罪！　爆発物取締罰則違反！　人の健康に関わる公害犯罪の処罰に関する法律違反！　毒物及び劇物取締法違反！　破壊活動防止法違反！　一九七二年以降の核兵器持ちこみによる非核三原則への冒涜！　軍事が生存に深く食いこんでいる社会の矛盾の中で生きる人間に対して〝馬鹿野郎〟と罵った米総領事の発言による県民感情の凌辱！　等々！　今思いつく分でもこれほどの罪がある！　今こそ立ち上がるときだ！　民を解放するときだ！　植民地主義に牙をむき出し抗うべきだ！」

まるで雄叫びのようだ。浦目は思った。もっとも、色と光の暴走する世界に入りこんだ彼には、昇の表情はひとのものには見えなかった。彼の背には般若が宿っているといううわさは、本当なのかもしれない。浦目ほどの男でも、背筋が凍りつくような狂気であった。けれど。

「狂気は、論理に、よってのみ、生まれる。それは、たしかですが。正論と、理路整然は、違いますよ」

狂気の瞳が、不快な色に濁る。昇は一度深く目を閉じて、肺の中をからにした。次の瞬間には、もういつもと同じ表情であった。

「ふ。ふ。ふ。つい取り乱してしまったようだ。で。報告があるはずだ。だからここによったのだろう？ 女とは接触したのか？」

「ええ。予定、通りに」

「どう見る？」

「彼女が、あの少年に、依存している、限り、彼は、命すら捨てられる、でしょう。たとえば、ぼくが、その立ち位置でも、ですね」

「ほう」

昇が嘆息する。この男にそこまで言わせてしまう女とは、よほど悪魔のように美しいに違いない、と。浦目は、そんな意味を彼の言葉の終わりに読み取って、心の中で苦笑する。

「そっちの、首尾は、どうでしたか？」

「ああ。友人の忘れ形見をとは思ったが彼をこちらに引き入れて面倒を見てやるほうがうまくまとまりそうだ。彼は今まで一度もなんの犯罪歴もなければ未成年で現役高校生という免罪符も持っている。表で動いてもらうには一番適しているかもしれないな。まあ。そうなったら必然的にお前とは一番関わりあいが遠い位置になると思え」

「……本当に、やるんですか？」

「ああ」

「槍《スピア》を胸に」

それから二週間の間、縄張り争いの最前列に、〈最後の勢力〉と呼ばれる集団があらわれた。だれも実態を知らないまま、さまざまな種類の悪人が、あるものは失業し、あるものは失踪し、昇の顔を知らないものはいなくなった。それでも、ピラミッドの一番下の石段に登っただけで、そこから見える景色は、だれの目にも変わらなかった。西から昇る太陽のもとに集まった子どもたちが、七人。丘の上に雷鳴が響く。

長い戦いの、はじまりだった。

月虹

古ぼけたアパート。二階の角部屋は、南東をむいている。敷金、礼金もなし。保証人も必要なしの1DK。キッチンとダイニングがL字型につながっていて、一段上がったところに寝室がある。

たしかに好条件だが、まともな物件ではない。それでも海は、はしゃぎまわる空を見ていると、心が洗われるようだった。

「みてうーみ！　きれい！」

寝室の窓を開け放って、夕日を背にした街並みが輝いている。走り回る子どもたち。郵便配達のバイク。祭事にむけての太鼓の音。入道雲。影になったヘリコプター。

すべてが、〝生きている〟という情景を、ありありと描いている。やわらかな風が吹く。ふもとの風車は、揺れるばかりで回ってはいない。その街の中心にある観覧車が、夜にむけて明かりを点す。

「気にいった？」

「うん。そらね。こんないえにうみとすむのをゆめみてた。ずっとずっとずぅーとむかしのうまれたころから」

「そんなに？」

「うそじゃないよ？」

彼女が言うと、本当なのか嘘なのかわからなくて、海はあいまいな笑顔をかえした。それに空が腹を立てて、ふくれっ面で外を眺める。昼に降った雨のせいで、アスファルトから水の飛ぶにおいがする。濡れた路面や建物が、いつもに増して輝いている。虹の色だ。空は思う。ひとより光を多く受ける瞳の少女は、かつての憧憬に胸を締めつけられて、嬉々として夕飯の準備をする海に悟られないように、そっと涙をぬぐった。


まるで新婚のようなうきうきとした気持ちを抑えて、海は新しい仕事場にやって来た。水密扉のような重いドアを開けると、すでに何人かの、自分と同年代らしきひとがいて、充満した煙とスピーカーから流れる音に、彼は圧倒された。

「海」

麻里が声をかける。

「お、新メンバー？」

「あら。いい男じゃない」

「……年下、だぞ」

「年齢は関係ないわよー。ねえ？」

「ま、前と言っていることが、ちち違うと思うんですけど」

「ひっひっ。色情魔には関係ないのさ」

「ヤブ医者！　それは失礼なんじゃなくて？」

「同感ね」

「さっすがジェーン。わかってるう」

「いや、ドクターにね。しかも海とあんたは一回会ってるし」

「……海、でいいな。さわがしい、がすまな、い。カウンター、にでも、座って、いろ」

妙な大円団に、足の止まっていた海は、浦目にうながされて、ようやく席に着いた。

海だけテーブル席に背をむけているかたちになる。浦目は自分の隣に座らせたらよかったか、と思い、自らもカウンター席に座った。

「あー、……吸う、か？」

ねじられた巻き煙草が目の前に突き出された。聞かなくとも、中身はわかる。マリファナだ。

海は首を横に振った。

「そう、か。こっちは？」

煙草の箱のふたを開けて、海に見せる。

「大丈夫です。自分のが――、あれ？」

しまった。学校の屋上だ。とは口にできず、海はいやあーとか、あのおーとか言いながら、頭を下げて一本だけ煙草をもらった。

「世の中、には、たいして、守られもしない、法律が、あるんだ。知って、いるか？」

「喫煙とか飲酒に関する法律ですか？」

「それも、ふくまれて、いる。外でも、煙草、を？」

「はい。ときどき――」

海の愛想笑いに腹が立って、浦目は指をさすように煙草の先端をむける。

「いいか。おれたちは、運命、共同体だ。たかが煙草の、一本や二本で、お前が補導なんてされ、たら、どうなるか、わかっているのか？」

騒がしいテーブル席で、麻里だけがその様子に気がつく。けれど、会話の内容までとどく距離ではないのでどぎまぎする。海が、まだ浦目という人物についてよく知らないから。

「あ、は、はい」

「……やめろ、とは言わない、法律の話を、したな？　ばれなければ、もしくは、とがめ、られなければ、いいんだ」

「わかりました」

「やつらは、好きだから、な。十代の、問題が。妊娠、自殺、ドラッグ、いじめ、暴走行為、姦淫行為の、報道が。しかし、世界中どこでも起きている、それはなぜか。考えれば、わかること、だ。――政治の話は、するまでもないが。警察の不当逮捕や、暴行、ニュースになることはなく、特集もされや、しない」

　海はうなずきながらも、頭の中ではさっぱりだった。勘づいた浦目が、大きく一呼吸して、相手を見る。

「つまり、ここに、いる以上、そして学校、という場所を利用、している以上、三六五日、毎日、目がさめている時間くらいは、常に気を配れ、ということ、だ」

「盛り上がっているようだな」

　入口に昇が立っていた。全員が、黙りこくる。そのまま彼は、店の裏へむかった。全員、肩の荷をいったん下ろす。

「しゃべり、過ぎたようだ」

「いえ、ためになりました。名前、聞いてもいいですか？」

「……浦目だ」

「うらめ？　本名じゃないですよね？　どんな意味ですか？」

「知らなくて、いい」

ぞろぞろと、みんなカウンター席に集まってきた。海と浦目の間、ひとつぶんの席に、麻里が入ってくる。

「浦目さん。楽しそうでしたね」

「……」

「まあ、関係ありませんけど」

「そろそろ時間ね」

杏がそう言うと、ひとり、またひとりと、若者たちがやってきて、テーブル席に座っていく。三十人はいるかという人数だった。

「彼らもあなたといっしょなのよ」

杏が浦目の背後から、カウンターに身を乗り出して海に声をかける。

「どういうことですか？」

「ここに来るのははじめてなの。ま、一次選考を通過したってところかしら。二度と来ないひともいるだろうし、また来るひともいる。基本的にまた来る人間ってのは、彼にとってもう必要のない人間ってことなんだけど。さて、ここでクエスチョン！　いきなりカウンター席に座ることの許されているあなたは何者でしょう？」

「……杏」

「正解はＣＭのあとで！」

「おい」

浦目に制されて、杏は海にウインクしてから、退屈そうにカウンターのいすをぐるぐると回す。

海はすこし居心地が悪くなって、めまいがするようだった。

「大丈夫」

麻里がつぶやく。海にだけ聞こえるように。あのころとかわらないやさしさを、海は一瞬、感じた気がした。ただ、彼の知らない香水のにおいが、彼女の姿をまたたくもらせてしまった。


「我々は誇り高き太陽の民族だ！　我々はどんな不当なあつかいにも弾圧にも屈しない戦士だ！　悪魔どもよ恐れるがいい！　正義の使者たちの推参だ！　我々は戦う！　我々は抗う！　我々は逆らう！　媚びぬ！　懲りぬ！　何度でも立ち上がる！　何度でもその牙をむき出して荒野に立つ！　苦しみや悲しみでつながれた薄っぺらい絆や集団には属さない！　我々は個人としてその字の通りひとりで立って人々となる！　我々は負けない！　我々は止まらない！　火を灯す前にこの街に流れこんでいる風の根源を断ち切る！　そのためにここに集まった七人の虹の戦士よ！　太陽の子よ！　おれたちの求める理想はすべて君たちの働きにかかっている！　バリケードを壊し！　警備隊など蹴散らし！　幻の旗をあの丘の頂上に立てるまで！　この身朽ち果てる

まで！　突き進め！　たとえその身地獄の業火にて焼き払われようと棺桶から這いずりだしてやつらの喉笛を潰せ！　たとえその身悪魔の凪に切り刻まれようとむき出した骨をやつらの心臓に突き立て！　四方八方を金網に囲まれただれも信じない国というちいさな単位と個人の快楽に陶酔するやつらの息の根を止めろ！　特権階級のつくりだした法やシステムの穴から出てその化けの皮をはがせ！　いいかこれは暴動じゃない！　我々は暴徒ではない！　これは革命だ！　我々は大いなる宇宙の意志によって生み出された戦士であり地球をかえりみない彼らの毒が生みだした社会の毒だ！　我々は毒をもって毒を制する！　無知を受けつづけた我々から飴をもらいつづけた彼らへの宣誓だ！　洗礼だ！　我々の目指すのは勤勉で優秀で他国の民にすらやさしく接することのできる道徳心を持ち諦めつづけたこの島の中で戦いつづけた多くの先駆者たちのために人種民族を問わずすべてのひとを解放することにある！　そしてかつて武器のない国家と呼ばれたこの島から彼らの軍事的な戦略や支配の真相を暴き！　世界へむけてこの世のすべての核兵器廃絶と軍事力の撤廃を訴える平和先進国となるのだ！　最後の子どもたちよ！　今こそ立ち上がるときだ！」

暴徒と化した若者たちから、地響きのような歓声がもれる。まるで昇の演説は、かつての独裁者のそれと同じであった。カウンターに座る五人の若者と、ひとりの識者の視線はわりと平静だ。ひとり、驚きを隠せないものもいる。海だ。

その目は、恐れと不安と狂気と期待と希望とをごちゃまぜにしたような、そんな視線だった。

このとき、彼にはなにかが芽生えはじめていた。


ひとがすべてはけて、しんと静まりかえった店内には、行き場のない熱気が亡霊のように立ちこめている。昇と、浦目だけが残っていた。あとの者は、彼らが〝活動〟と呼ぶ暴力行為のために駆り出されていた。

「浦目」

「いい、演説でした」

「そんなことはどうでもいい」

虫唾が走る。とでも言いたげな尖った口調で昇は吐き捨てる。カウンターの中で、大量のグラスを洗いながら。

「ある地区を任せていたやつらが警察に捕まった。ヨンパチ（四十八時間拘留）のあと釈放されたらしい。親元はいつもの言葉でごまかしたそうだ。だが。やつらは釈放されてすぐに〈フリフラ〈フリーフラワー〉〉の末端会員からグロウを買ったらしい。どんなかたちでもいい。最悪の結末でもかまわない。飛ばしてこい」

「……はい」

うなずいて、浦目は店をあとにした。ただひとり残された店内で、昇は手を洗う。手についた泡がすべて流れても、それに気づかず頭の中は思索で埋めつくされている。彼は手を洗う。手を洗う。


麻里がそこにあらわれると注目を集める。それもしかたない。そこは売春街なのだから。黒いピンストライプのスーツで、手にセカンドバッグほどのポーチを携えて、異国のにおいのする彼女が歩いていては目立ってしかたないだろう。しかし、彼女は意に介す様子もない。ただ、欲望に群がるような男どもは死ねばいいと、無表情の下で思っているに過ぎない。

「あいかわらずひとがごった返してる。ここいらじゃ景気がいいのはここだけですね」

ドライバー、と呼ばれている男が、大げさなほどの紙袋を抱えて隣を歩く。彼は昨日、来ていなかった。というのも彼は三〇過ぎで、昇とは旧知の仲だった。今さら若い情熱の中に入るのもおこがましい、と辞退したのだ。麻里は、ただ面倒だっただけだろうと断じていた。

「そうね。最近は米兵の客も多いみたいよ」

「それにしても、車で来られないってのが痛い。おれのやっと手に入れた愛車が心配でたまりませんよ」

入り組んだ路地裏にこの街はある。ふたりはその入り口に車を路上駐車して、歩いて来たのだ。

そこでは、銀のアルミのドアがちいさな建屋に二、三枚ついていて、同じような顔をした家が並んでいた。どこもどぎついピンクの壁紙で、女が道の前にいすを出して座る。年齢、国籍、その容姿もさまざまだった。

文庫本を読んでいる、めがねをかけた大人しそうな女が、麻里を見た。目が合ったが、お互いにそらす。たった一年しか通わなかった中学に、似たような顔を見た気がしたが、麻里は考えないようにした。なぜなら、自分には関係ないから。ここから抜け出すのは、本人のちからだ。麻里はそう思っていた。けれど、彼女にも助けたい人物ぐらいいる。

ひとつの閉じられたドアの前に、ひとだかりが出来ていた。まるで砂糖に群がるありだ。その集団に、麻里とドライバーは割って入る。

「なんだお前ら！　こっちは並んでるんだぞ！」

「こっちは集金なんだよ」

どすの効いた声でドライバーが言うと、病んだ目を血走らせた若者たちが、あとずさった。麻里は慣れた手つきで鍵を出して、その鍵を開けた。その麻里の腕に、先ほどの紙袋が渡される。

「それじゃあ、あねさん。いつものようにむかえに来ますんで。今日は集金のところが多いみたいなんで、くつろいでってください」

「……ありがと」

「そのあねさんの、お礼を言うのがへたな感じもたまりませんね」

わざとおどけた声で、彼が言う。本心ではない。彼にとってみれば、麻里は娘と同じくらいの年齢なのだから。

麻里が右手を振り上げると、彼はわざとらしい笑顔でさっさと行ってしまった。それでもリラックスしている自分に気づくと、その男にすこし、本当にすこしだけ、彼女は感謝した。中に入って、入口に紙袋を置いて、見渡すほどでもない室内を見渡す。

六畳もないその部屋には、電気スタンドとベッドがあり、ひとひとり入れるかどうかという、シャワー室があった。その部屋の隅、白いシーツの上で、女が体育座りで顔をうずめている。その赤く染められたつま先にある——おそらく私物なのだろう——ラジオから、イヤホンのコードが伸びていて、彼女がこちらに気づいていないことが、麻里にもわかった。

後ろ手に鍵をかけて、ゆっくりと近づく。傷だらけの左腕と、穴だらけの右腕。それを見ていると、麻里は自分の持つ当たり前の自由がすごく悪いもののように思えた。

「小蝶」

彼女は気づかない。麻里はそっと彼女の右腕に触れた。彼女は、飛び跳ねるように顔を上げて、麻里を見た。それは、可憐な少女には似合わない、怯えたような表情だった。

「麻里！」

耳からイヤホンをむしり取るように外して、小蝶は抱きついた。

「小蝶。元気だった？」

この街で、唯一自分の本名を呼んでくれる存在。それは、あまりに悲しいことの多いこの街では、貴重な存在だった。

小蝶は麻里の肩をつかんでぱっと顔を引き離す。焦点のぼやけたような目で、麻里の顔をじろじろと見る。恐怖を覚えるようなその笑顔にも、麻里はすっかり慣れていた。精いっぱいの笑いをかえす。

「髪のびたねー。もう肩まであるー。センターわけしてー、京子さんみたいだよー」

麻里はそうだね。とやさしく応えた。

「待ってね、お茶いれるからねー」

小蝶はそう言うと麻里の意見も聞かず、這うようにしてベッドの上を移動し、電気スタンドの隣に置かれたひざくらいまでの大きさの冷蔵庫から、ペットボトルのお茶を取りだした。

「あれー。紙コップー」

「あ、買ってきたよ。百均で」

麻里は紙袋から、グラスをふたつ取りだした。恐ろしくファンシーなそのデザインは、麻里の好みではないし、百円均一店で買ったわけでもなかった。彼女からの、ささやかなプレゼントだった。

さらに紙袋から、生理用品、シャンプー、ボディソープ、安全カミソリ、歯ブラシ、数枚のタオル、化粧品、サプリメント、消毒液、ガーゼ、数日分のお菓子と食糧、コンドーム、ピルなどがあらわれた。

「わあ。ありがとー。かわいいコップ」

「たのまれたものは、これで全部？」

ぐるりと商品を見渡して、小蝶は深々と頭を下げた。

「いつもすいません」

「気にしないでよ」

「今日はゆっくりできるのー？」

「うん。いっぱい喋ろう」

「やったー。あ、忘れる前にー」

小蝶は、部屋に備えつけの棚を開けて、金庫から茶封筒を取りだした。そしてそれを両手で持って、麻里に渡す。

「どうぞー」

「……うん」

複雑な表情で、麻里はそれを受けとった。そこには、彼女が身を粉にして稼いだ一か月分の苦しみが詰まっている。麻里の手にはそれが、ずっしりと重たく感じられた。

「ねえ、小蝶。前にも言ったけどさ、あなたはもう両親が残した借金なんて帳消しになるぐらい、いやそれ以上稼いでる。あのひとの目を盗んで連れ出すぐらい」

「いいよ。別に」

麻里が話をしている途中で、すっぱりと断る。ひとを小ばかにしたような杏とは違う、やんわりと間延びした口調が、跡形もない。

「小蝶はね。最初は嫌々だったけど、この仕事好きなの。小蝶のことたよって来ているひともいるの。だからやめない。それに、それにね――」

そこで言葉がいったん切られる。彼女は枕を抱いて、うつむいた。麻里が心配そうな顔で覗きこむ。

「小蝶」

「麻里に迷惑かけちゃうでしょ？」

「だから、それは――」

ぱん。と小蝶がその両手を合わせる。

「はい！　この話はおしまい。暗くなっちゃう。せっかく久しぶりなんだから、明るい話をしようよ」

「……そうね」

そう応えながらも、麻里は愕然とする。彼女が自分を信用してくれていないことに。そして、彼女がもうなにも信じていないことに。

麻里がなにを話しても、彼女は楽しそうな表情で聞く。ときに笑い声を上げるくらい、楽しそうに。それだけ彼女にとって、外の世界は輝いている。そして、それだけあの銀の扉は、ドアノブを回せば小学生にだって開けられるはずの扉が、彼女には重いのだ。

緊迫した空気。ひとりの男の鼻息だけが荒い。その男は、口を押えられ、右手の指を二本と、左手首を折られていた。そして、目の前にいる男が、本気で自分を殺そうとしていることに気づく。

「次は、あご、だ」

冷たい声がそう告げると、男は思いっきり噛みついた。その男の口は、相手の腕で封じられていたのだ。

「なんで、お前に、おれの腕を、傷つけられなければ、いけない？　お前は、ひとを傷つける人間は、ひとに傷つけられて、しかるべきだ。という言葉を、知らないのか？」

男は、半べそで鼻水も垂らしている。それがそでを濡らすことすら、彼には許せない。

「目には目を。と、言うんだが」

左足は相手に踏みつけられていて、右足は左手で押さえつけられていた。うしろは壁だ。文字通り、男には抵抗するための武器がもうなかった。

ごきり。と寒気のするような音がして、男は解放された。痛みのあまりに、声も出ない。いや、出しようがないのだ。ベッドの上でのた打ち回る。その男の前髪をわしづかんで、相手はまだつづける。

「……最悪、殺してもいい、と言われている。どうする？」

男は首を振る。こぼれた血が、相手のジーンズを濡らす。

「お前、のような、人間殺して、だれが喜ぶ？　お前は、その程度の、人間、だ。もう、路地裏を、歩く、な。日のあたる、道の、影を、申し訳、なさそうな顔で、歩け。わかった、か？　わかったら、一日やる。さっさと、消えろ。この島から、消えろ。次に、おれか、あのひとに、見つかったら、もうあとは、ないと思え。明日、この部屋を、確認するため、おれは来る。いいか、もう一度、言う。一日やる。消えろ」

男は泣きながらうなずく。

「あと、おれの、名前の由来を、知りた、がっていた、な。いいか。あのひと、でなく、お前、自身、でもなく、おれを、〝恨め〟。いつか、殺しに、来い。殺して、みろ。目には、目だ」

そう言うと、蛇の目とかアナコンダとか呼ばれる男は部屋を出た。外にいる、髪が腰までのびた男に耳打ちする。

「明日、まで、見張って、いろ」

「承知しました」

浦目は、歯型のついた自分の右腕を見た。血がにじむどころじゃなく、肉がえぐれていた。階段を下りて、アパートの前に停まっていた乗用車に乗りこむ。

「兄貴！　次はどこですかい？」

運転手はビリーだった。フロントガラスに、若葉マークが貼ってある。

「……とりあえず、医者、のところに」

「オッケィ！　しっかりつかまっててくれよ！」

車はいたって安全運転の速度で、走り出した。浦目はしばらくきょとん、としていたが、張りつめた自分の凶暴性が、いく分やわらいだのを感じた。

強いちからでドアがノックされたかと思うと、拍子抜けするような声が換気扇のむこうから飛んできた。

「あねさーん。帰りますよー」

「もうそんな時間か」

「次も麻里が来るの？」

小蝶が立ちあがった麻里の前に回って、その手をとった。女に上目づかいでたのまれる違和感に、麻里は首をかしげた。

「わかんない」

「……そう」

小蝶が道を開けたので、麻里はドアノブに手をかけた。言うべきか、言うまいか。しかし、もややとした噴霧のような想いを抱えたまま、麻里は帰る気になれなかった。

「実は海もあたしたちと一緒にいるんだ」

切ったような早口で、そう告げる。

「え！　今？」

小蝶の驚きように、そしてその言葉に、麻里は苦笑する。

「今じゃないけど。……会いたい？」

「会いたくない」

小蝶は首を振って、うつむいた。そのままベッドにむかい、隅でふたたび丸くなる。最初に麻里が見た光景と同じだった。

「そう。……じゃあね」

小蝶の気持ちがわかる気がして、麻里は納得した。自分が深く汚れてしまったと思っている彼女には、古い友人に──特別な感情を抱く友人に──会うことは、辛いことだろうと思ったから。

麻里がドアを開ける。外はまだ明るかった。まぶしさに目を細める。ドライバーが、煙草をふかしながらその前に立っていた。

「麻里！」

強い声に、麻里の足が止まる。彼女が振り返っても、小蝶は顔を上げなかった。

「──会いたい」

「……わかった」

ドアを閉めて、麻里は足早に立ち去ろうとする。あわててドライバーは先回りして、彼女の顔を覗きこんだ。

「どうかしたんですかい？　すごい形相で」

「関係ない」

彼らの後ろで、男どもがにわかに活気づいた。小蝶が表に出てきたからだろう。ドライバーは振り返ったが、麻里はかたくなな表情で一点を見つめ、大またで歩いた。女をものとしてしか考えていないやつらなんて、死ねばいい。そんな呪いの言葉を心でつぶやいて。

街を出る。警察がパトロールに来たときに、店に連絡するために立っているパンチパーマの警備員が、ふたりに頭を下げる。通行人が、頭を下げさせるあの小娘は何者なのか、という表情で彼らを見ていた。

地面に寝転んで動かない男を一瞥して、麻里は車に乗りこんだ。錆びたシャッターの落書きに、思い出すものはなにもなかった。

——海。いい、か。ゆっくり、肺いっぱいに、吸うんだ。そして、せきが、出そうになるまで、ためるんだ。余裕があれ、ば、空気も吸え。これ、を、繰り返せば、高く飛べる。おれ、たちは、地獄におちる、が、生きているうちに、天国に近づく、ことは、できる。さあ、高く飛ぼう——

　空は、なんとなく気づいていた。自分の頭のよくないことはわかっていたが、海はもう学校に行っていないのだろう、ということはわかった。

「うーみ。それ、なに？」

「ブッダ・スティックだけど」

「ふーん。へんなにおい」

「吸う？」

　空は、信じられないものを見るような顔で海を見て、静かに首を振った。彼がそんなものを勧めることなどなかったから。

「でもこれを吸うとね、空のことがわかる気がするんだ」

「そらのこと？」

「うん」

「ふしぎ」

「不思議だよね」

その言葉は、偽りではなかった。彼はその間だけ、自然と調和している気がした。そして、空、という人間がどれだけ自然というものに重点を置いて暮らしているのかわかった。彼女は、にお いで雨を予測して、風で明日の天気を読み、光で今の時刻を感じていた。それは、才能と呼ぶには、あまりに悲しいものだった。

がばっと、海はおおいかぶさるように空を抱きしめた。

「なーに？　うーみ」

「なんでもない」

海は彼女が生きていることの奇跡と、いつか終わってしまう人生を思うと、いてもたってもいられなかった。やさしいちからで、彼は抱きしめる。けれど、いつもそこまでだった。自分の本当は真っ白な欲望が、空の中にぶちまけられるのを想像しただけで、海は気が遠くなるようだった。

ふたりはそのままなにも食べず、なにもせず、和室には不似合いなベッドの上で抱き合った。

「おそれるな」

暗闇を裂くように空が喋り出す。

「なにもおそれるな。おまえがおそれるものはおまえをおそれるだろう。なにもおそれなければおまえをおそれるものはいない。めをとじるな。みないふりをするな。おまえはそこにただまっすぐにたってめをこらしていればいいのだ。ちいさいいしをみるしてんでおおきなやまをみろ。そしてあるけ」

「空？」

「おばーがいってた。なんでだろう。なんでいまおもいだすんだろう。なんでそらはこたえてあげられなかったんだろう。なんでそらはおばーのよろこぶことをしてあげなかったんだろう。なんで……。そら。そら……」

空が泣き出すと、街も突然のスコールに襲われた。真っ赤な目で窓の外に目をやって、海は自分の腕の中の存在がいったいなんなのか、わからなくなっていた。

ただ、命を賭してでも守らなければいけない気がした。それが、京子が言っていた『引き合う運命』なのだろうか。海はぼんやりとした頭の隅で、そんなことを考えていた。

こんなひとに、相談しなければよかった。海は心底そう思った。

「あれだ、プラトニック・ラブってやつだ」

杏が海を指さす。

「あ、いや。なんというか」

「やっちゃえばいいんだよ！」

奥からビリーが不機嫌そうに叫ぶ。

「オタクは黙ってて！　不安なら、お姉さんが教えてあげるけど？」

杏はいやらしく笑って見せる。

「どうする？　兄貴」

「……もらって、も、いいぞ」

「ちょっとそれどういうこと！」

こんな会話ばかりならば、ここでも平和に見える。浦目は、自分の鼓動のばらつきを感じて、手首に手を当てた。ゆっくり深呼吸して、正常値に戻していく。

「まあまあ」

聞いていられない、という感じで、昇が会話に入る。

「それは、恋か？　愛か？」

場の空気が一気に氷点下に達する。

「嘘だ！　宮古さんがそんなこと言うなんて！」

「どうする杏、救急車呼ぶか？」

「お願い！　警察と国際刑事も！」

「……お前ら、失礼なやつだな」

どっと笑いが起きる。笑っているのはふたりと、端で会話を聞いていた屋部だけだ。

「そもそも恋と、愛の違いってなんですか？」

海が問いかける。

「くう〜。ビリー！　青春だよ！　青春だよ！」

「わかる！　わかるよ杏！」

「……お前ら今日当番だろ！　さっさと行け！」

昇が怒鳴ると、ふたりは借りてきた猫のようにしゅんとする。杏は立ちあがって、ビリーの隣に腰かけた。めずらしいことだ。

「あのー」

「ん？　ああ。おれの見解だが愛は長い時間をかけて育まれるものだ。愛着とか言うだろう。恋は圧倒的に違う」

「なになに〜？」

「教えて〜」

杏とビリーがちいさい声で煽る。昇がにらむと、くすくすと笑いあう。まるで小学生だ。けれど、ふたりは案外いいコンビのように見える。海はそう思った。

「恋はひとりの人間を全能の神に押し上げさらにその人間の中に宇宙を集約することだ」

「きゃぁ〜！」

「きゃぁ〜！」

端のふたりが黄色い悲鳴を上げる。昇もさすがに恥ずかしくなったのか、激昂してふたりを怒鳴りつけた。

「お前らいい加減にしろ！」

「はいでは、当番なので行ってまいります」

「ます」

さっきまでの茶番は嘘だったとでもいうのか、それとも昇の恋愛観を聞けたから満足なのか、ふたりはそそくさと店をあとにした。杏は、海へ親愛のウインクを忘れずに残していった。

「まあ、つまりだ。あせることはない。温めておいた時間は長ければ長いほどいい。そんな女の子なら突然そんな関係になったら驚くかもしれないし、お前も思っていたような関係性を築けなくて苦労するかもしれない。そのときを待つんだ」

ドアが開いて、麻里が現れた。

「あれ？　いつもと同じじゃない。さっき杏がすれ違いざまに『おっもしろいものが見れるよ〜』って言ってたんだけど」

「ひっひっひっ。このての話はお前にゃむいてないようだな。昇。無理をしちゃいかん。人間だれにでも向き不向きはあるのさ。ひーっひっひっ」

屋部はそんなことを言い残して、〈出張診療所〉と書かれた段ボールの貼ってある部屋へと、入っていく。

「どういうこと？」

麻里の質問に答える人間は、だれもいなかった。


待ち合わせ場所に着くと、相手はもう来ていた。黒い軽自動車に男女がふたり。おそらく男どもがナンパでもしてつかまえたのだろう、車内の雰囲気から麻里は判断した。

「なにがいる？」

「〈ピョンヤン・ハイ〉。これだけ」

海は万札を受けとって数え、その数だけのジップと、おまけのバッツを差し出した。

「これは？」

「〈ニンビン・フリーダム〉。楽しんで！」

窓を閉めるのを合図に、車は発進する。海は先ほど得た上がりを、種類ごとにわけて茶封筒に入れる。

「もう連絡はなし？」

「ええ、でも――」

車は県道へと入っていき、飲み屋街を突き進んでいく。麻里は、つくろった余裕の表情で言った。

「まだ、つき合ってよ」

やってきたという流星群を、見上げることすらも忘れてしまったふたりは、そのまま夜の街にむかう。


バン！　と勢いよく扉が開いて、杏がなにか書かれた紙を手にして叫ぶ。

「スピーク！　スポーク！　スポークン！」

「違うだろ！」

ふたりの謎のボケとツッコミを見せられて、心底うんざりしたように昇はため息をついた。

「……で、なんのスクープなんだ？」

「あの海って子の、彼女の正体！　五百円！」

「自分を安売りするな！　目を覚ませ！」

昇は、あごで浦目に指示した。彼はビリーを引きはがして裏口に連れて行く。杏はやりすぎたか、という感じで舌を出して、まじめに話し出した。

「彼女はとある王統の流れで、特別な名前を継ぐ数すくない専属の祝女の後裔の、謝花春の孫娘です。そして、神谷家との関係ですが、これについては、あなたが詳しいかと。さらに、神谷海の面倒を見ていた女は天久の中でも一番中央の流れに近い――」

「もういい」

「……はあ、そうですか」

謝花春。彼女がかつて名乗っていた別名を、昇が聞いたことのないはずがなかった。もし知っていれば。身震いするほど恐ろしい名前だ。しかし、その孫娘を神谷の長男が捕まえているとなれば、彼にとってこれほど都合のいい話もなかった。

「ふ。ふ。ふ。天下が舞いこんでくるぞ」


閉じられた銀の扉。まるで外界から隔絶されたような雰囲気と、それを自ら拒絶するような空気がもれ出している。

「ここを集金してほしいの」

「この部屋？」

「わたしは他を回って来るから――。助けて、あげて」

それだけ言うと、麻里はひとごみをかき分けて消えた。海はぽかんとしていたが、周囲の男たちの、視線に気づいて、そそくさと中に入った。

中に入ると、ベッドに腰かけた、背筋のしっかりとのびた女性が、ふり返った。すこし赤みがかったくせ毛。彫りがうすく、均整の整った顔立ち。困ったような下がり眉。以前の記憶とはその肌の色だけがわずかに白くなっているが、ありありと、海は最後に別れた日のことを思い出した。

「海。ひさしぶり」

「え？　あれ？　なんで？　え？　だって、あれ？」

「あわて過ぎー」

傷だらけの腕が、座るように、とシーツを撫でる。海はとりあえず腰を落ち着けた。そして——自分では無意識だが——小蝶を舐めるようにじろじろと見た。

「かわらないねー」

「え？」

「へんに飾らないというか、悪く言えば馬鹿というか」

「なんだよ」

「でも、かわらないからこそ輝くものもあるよねー」

褒められると、海はくすぐったそうに笑った。すっかりと淑女の艶を身にまとった彼女はまるで別人のようで、気恥ずかしかった。

「そんな風に笑わないでよー。緊張する」

「ご、ごめん」

「あ、そ、そうだ。お金渡しとかなきゃ」

そう言って、その赤毛をひるがえして金庫から封筒を取り出した。ちくり。海の胸が痛んだ。さっきまでの再会の懐かしさや、今いる場所の緊張感は、赤髪の風に吹かれて舞い上がり消えた。今ここにいる彼女は、自分の知っていたころの彼女とは違う。そんな喪失感にさいなまれて、海は見るからにうなだれた。

「どうしたの？　海？」

「おれに……」

擦り切れるような声は、泣いているからではない。

「おれに、なにか出来ること、あるかな？　麻里が、小蝶を助けてあげてって、ちからになってやってって」

その言葉に、小蝶は冷めたような顔になった。その顔も、海が知らないものだ。彼女はそのまま海の隣に座って、体育座りで顔をうずめた。うーん、うーん。となり声を繰り返す。考えているわけではない、心の軋みに、抑えきれないほどの痛みを感じているのだ。

小蝶は、目が回るようだ、と思った。海と、麻里のにおいが一緒だったから。ふたりはおそろいで、同じメーカーのお香を使っている。だから、そのにおいがするのは、麻里の車に乗って来たからだろう。そんなことは小蝶もわかっていた。でも、彼女は許せなかった。自分がいなくても楽しく遊んでいたことが許せなかった。ひとりじめしていた彼のやさしさを彼女が奪ったことが許せなかった。隠されていたことが許せなかった。のどの奥がぴりぴりして、舌で胃酸を味わった。秒針がやけにうるさい。空調がやけにうるさい。彼女はそう感じた。相手がどんな表情をしているのか彼女は気になったけれど、一度沈んだ気持ちを上げることは難しかった。

「小蝶」

――そんな声で話しかけないで！

彼女の思い出の中にあったのは、いつでも暗い気持ちから引き揚げてくれた、あの底抜けの明るさだった。今あるものは、求めていたものでは、ない。けれど。

「小蝶」

海が声をかける。爪が皮を突き破るんじゃないかというほど、小蝶の手にはちからが入っていた。その痛みも、彼女はもう感じない。

「……海がね、思っているようなことじゃないと思うんだけど、してほしいことがあるの」

「なに？」

「遊んでいって。ここで」

「それって……」

海の頭の上を、虫がゆっくりと一周して、意味がわかるころには、その顔面は烈火のごとく真っ赤であった。

「え、あの」

「嫌？」

ひざに置かれた手に、小蝶が手を重ねる。

「……嫌じゃ、ない」

いつの間にか、百戦錬磨になっていた小蝶に、かなうようなすべを彼は持っていなかった。そのまま、倒れこむ。女が男を押し倒すかたちというのもめずらしい。が、海はぼんやりと、ああ前にもこんなことあったな、なんて思っていた。

「小蝶」

その声にも、彼女は止まらない。海は彼女の肢体を目にして、保ちつづけていた最後の糸が、切れた。

小蝶は、以前麻里に言っていた。その行為と注射は、自分にとっては同じだと。自分の皮膚を食い破って、痛みに耐えながらも身を任せていたら、いつの間にか達していると。麻里はいてもたってもいられなくて、彼女を抱きしめた。その行為がなんの意味もないと知りながら。血だらけの注射器がシーツの上に落ちて、その白を赤く侵食していく。小蝶は涙ぐむ麻里の頭をなでながら、けらけらと笑った。その目は、電気スタンドの明かりを見つづけていた。

行為の最中、そんな思い出が小蝶の頭をよぎって、それをかき消すように大きく動いた。なぜそれが思い出されたのか、彼女にはわからなかった。ただ、いつもは平気なのに、今日だけは相手の姿を直視できない。声も出したくない。彼女は、自分がどこかおかしいと感じていた。自分が、望んだはずなのに。それは、麻里の思惑とは異なるが、目的地は似ていた。彼女を気づかせるには、それ相応の痛みをともなう選択をさせなくてはいけないと、麻里は踏んでいたから。

「いつも、男のひとからどれぐらいもらってるの？」

海が聞くと、すっかりまどろんでいた小蝶は目をこすって、それからわざと頰をよせた。

「うん？　えっとねー。基本的に小蝶は相談なの。だから、すごくたくさん払っていってくれるひともいるよー。でも、最低でも、五千はもらうようにしてるかなー」

それは、この街の相場からすれば平均だろう。彼女は高くとまらず、自分に癒しを求めてくる人間は、すべて受け入れていた。

「だって、ここに来るひとも、いろいろな事情があるでしょー？　小蝶は好きでこの仕事やってるからー、全然へーきなのー」

「嘘だよ」

「……嘘じゃないよー」

そのとき、ちいさくドアがノックされた。ふたりはあわてて起き上がる。麻里は室内のどたどたとした音を聞いて、ふう、とため息をついた。

「先に車行ってるからね！」

いつもドライバーがそうしてくれるように、麻里は換気扇のほうから声をかけて、眉間にしわをよせたまま歩きだした。

「小蝶！　ごめん今持ち合わせがあまりなくて、二万でいい？」

「え！　いらないよ！」

「いや、とっておいてよ！　ああ、早く行かなきゃ」

財布から二万円を出して、ベッドの上に置いた。

「そういうんじゃないよ！」

「あって困らないだろ！」

「困る！」

急いで着替え終わると、海は扉を開けた。いかつい兄さんがたが、にらんでいる。

「いやー、どーも。がっ！」

いきなり洋服を引っ張られて、のどが絞まる。そのまま━その腕のどこにあるのかと思えるちからで━、海はもんどりうって部屋の中にもどった。男たちがざわつく。小蝶は、それに気づくと彼らに営業スマイルをむけた。

「ごめんねー。すぐ終わるから」

言葉の端に、次はあなたの番だから、という含みを持たせて、彼女はドアを閉めた。

「なんだよ！　痛ってー」

倒れている海の前に、握られてくしゃくしゃになった万札が二枚、つき出される。

「これ！　いらないから！　いらないから――」

彼女は、泣いていた。いったいいつ以来の涙だろう。頭の隅で考えても、答えがでない。枯れて、がらがらになった声で、決定的な言葉を告げる。

「次も、会い、たい」

「あ。ああ。——わかった」

海はすばやく札を手に取ると、そのままの勢いで外に飛び出して行った。よほど恐ろしい顔をしていたのか、ひと垣が崩れて道ができる。紫色に染まっていく夜空が、街の熱気を冷めさせることはなかった。

車の前に、麻里は立っていた。足元には、煙草が四本。ヘビースモーカーではない彼女にとっては、めずらしいことだ。入口から、小走りで海がやって来た。封筒はきちんとしまっているようだったが、手に握りしめられた謎の諭吉が、彼女には気にいらなかった。

「いやー、まいったまいった。こうひとが多くちゃー。あれ？　どったの？」

蹴りが、一発、二発。尖ったつま先が、彼のでんぶに食いこむ。あがっ！　うごっ！　と、奇声を発している海を無視して、麻里は運転席側に回りこむ。

「なんで？」

「わたしが仕事している間に、すっきりとしたような顔で帰って来るんだもの。当然の報いじゃない？」

吐き捨てて、麻里は乗りこみ、エンジンをかけた。海は死にもの狂いといった顔で、急いで乗りこむ。

帰り道。尻の痛さに海がからだを動かすたび、麻里から容赦ない鉄拳制裁が加えられ、昇のもとにつくまでには肩に青たんが出来ていた。

「ただいま」

帰るべき場所。というのはひとそれぞれにある。海にとってはこのアパート、という家の枠には関係ない。彼が帰るべき場所は、ひとつだった。

いつからそうしていたのか、空は玄関の板間に画用紙を広げて絵を描いていた。彼が買った作業机の上は、整然としている。

空はいつもの笑顔で、「おかえり」の「お」を言いかけた表情で静止した。

「どうした？」

「なんかね……うーみ、ちがうの」

彼の心臓が強く、跳ね返る。すこし前までの情事を思い返して、気分が悪くなっていく。

「なにが、違う？」

「うー。……しらないひとみたい」

彼女には、隠し事なんてできないのか。海は雷鳴がとどろいたような衝撃に立ちくらむ。めまい。動悸。手の震え。耳鳴り。そこに立っているのが辛くなって、彼はその場に座りこむ。空は、まるで家猫のように這ってきて、そっと、海の腰に手を回した。それは、抱擁、なんて甘い言葉で済むようなものではなかった。束縛、あるいは拘束。投獄。そういうたぐいの行為に、ほかならなかった。

　台所の明かりは消えている。テレビも点いていない。温かく感じていた寝室の橙の明かりが、海の目にはやけに鈍く映る。

「空。あの……」

　なにか言わなければ。傷ついてしまっている彼女になにか言わなければ。しかし、こんなおれに彼女にかけられる言葉なんてあるのか。焦れば焦るほど、想えば想うほど、自分では二枚舌だと思っている海の口は、動かない。きっと、今の自分がなにを言っても、吐き出された言葉は空気に凍りつき、粉々に砕けてしまう。彼女の言うように、ふたりはまるで他人同士だ。そう海は感じていた。

「つかれてるね。ねよ」

　静寂を破るように、空が言う。

「え、でも、空、夕飯は？」

「いらない」

　空は細い目で首を振った。薄い笑みに、海は彼女がより遠くなるのを感じた。落ちつきはらったその低い声は、たしかにやさしさがこもっている。それでも、その手の連れて行く先は、牢屋でしかない。大きく暖かくやさしく天国でも地獄でもない、彼女という、独房。

誘われるまま、着替えもせずに、海は彼女とふとんの中に潜りこんだ。そのちいさな空間は、まだ温かかった。

ふたりは、手を重ねる。いつもは肩が触れ合う位置で横になる。それだけに、海にとってこの距離感はちょうどよく、また怖くもあった。

「こうしてると。うーみのこと。わかるの」

同年代の女の子にしたら圧倒的にちいさいだろうその手で、空は愛しいひとの手を撫でる。指を握ったり、甲をさすったり、つけ根を押したり。そんなことで相手の感情や経験がわかるなんて、海にはとうてい思えなかった。それが、空以外なら。ひとのつくりだした虚構にも空想にも縛られない彼女になら、出来るような気がした。同時に、その細い指に降り積もった幾重もの悲しみが、自分を責めたてているように思えた。

彼は思う。今自分の頭の中にある透明な感情をどう伝えたらいいのか。真っ白ななにも描かれていないキャンパスのような想いを、どう伝えたらいいのか。彼にはわからない。それをそのまま伝えられたら、どんなにふたりは救われるだろう。彼の言葉に、彼女が色をつけたら、どれだけ明るい未来があるのだろう。しかし、彼はなにも言えない。言える言葉がないのだ。

「ごめんね」

空がつぶやく。海ははっとして伏せていた視線を上げた。

「そらはね。だいじょーぶだから」

海の日に、涙があふれた。それを自分から言うことが、どれほど辛いかわかっていたから。そして、それを彼女に言わせてしまったことの重大さが、わかったから。波のように打ちよせる感情。後悔。罪と罰。なぜ、麻里の言うように我慢できなかったんだろう。あの日あの場所で空と会ったときに、おれは彼女をちゃんと施設まで送り届けるべきだったのではないか。地道にアルバイトをしてお金をためていれば、今ごろ京子さんと三人で、あの家で仲むつまじく暮らしていたんじゃないだろうか。さまざまな想いが、彼の今を殺す。

ふたりはまるで赤子のようによりそうことでしか、お互いのさみしさを紛らわせられなかった。そんなふたりが生きていくには、世の中は残酷なほど美しく、狂おしいほどに温かい。二日後にやってくると言われている低気圧が呼んだ雨は、いつまでも、いつまでもふたりの頭上を濡らしつづけた。

もう冷めきったふたりぶんの夕食。日をまたいだところで、京子はようやくスープに手をつける。むかいにあるはずの顔がいなくなったのを不思議に思わなくなったのはいつからだろう。彼女は悪い思いを振り払って、弟が好きだったミネストローネをすする。千切ったパンをひたして口に運ぶ。もう、彼女はそれ以上なにかを口にする気になれなかった。

ほとんど通販番組になってしまったバラエティを見ながら、彼女はソファでまどろむ。ニュースを見れば戦地が映るか、虚構の世界に暮らすひとびとの騒動が、下品に流れるだけだった。ひとりでいるほうが、彼女は酒が進む。黒砂糖を、ひとかけら、ふたかけら口にする。彼女が家に馴染もうとあまりに必死に食べるので、好物なのかと勘違いした父親が大量に買ってきたことがあった。それ以来、彼女にとっては見るのが嫌になるほど、嫌いな食べ物だった。しかし、なにも口にできなくなったあの日から、彼女の命を支える唯一のものになっていた。じんわりと、目に涙が浮かぶ。

昼に、学校から連絡があった。最近彼が休みがちになっているという旨の連絡だった。休みがちもなにも、彼女はそれまで彼がちゃんと学校に通っていることさえも、知らなかった。いや、自ら知ろうとしなかったというべきか。

ふと、自分のふとももが振動した気がして、彼女は急いで携帯電話を開いた。液晶の画面は、お前なんかに連絡が来るはずないだろう、と冷たく輝いている。毎日毎日、弟から連絡が来るのではないか、と電話を確認する日々がつづいて、そのうちまったく触らなくなった。不在着信が仲の良かったひとからでも、ついには怖くて返信できない。そんな日々がつづくうちに、もうだれからも連絡は来なくなった。

携帯電話を、テレビにむかって投げようと振り上げて、思いとどまる。信じている。いや、すがっているのだ。もしかしたら、あの馬鹿でむこう見ずで、だれよりもやさしいあいつから連絡が来るのではないかと。もしくは、唯一自分を解き放てる恨みと好意とが混じったあの男から連絡が来るのではないかと。そう思うと、居場所をなくした右腕は、そっと彼女に抱かれた。

やがていつもの偏頭痛がはじまって、彼女は立ちあがった。台所に用意された自慢の料理からは、湯気が消えている。それにラップをかけて、彼女は階段を上がる。今まではなにがあっても三人前用意していた夕食が、二人前になっている。しかし、彼女ですらそれにもう違和感はない。

引き戸を開ける。あのころとかわっていない。壁にかかった学生服。荷物置きになっている勉強机。ベッド脇の棚に置かれた、家族写真。彼女は、ほこりっぽいふとんにくるまって、目を閉じる。もう枕やシーツからは彼のにおいは消えていたけれど、それを信じるように彼女は目を閉じる。もう、一年も自分の部屋には入っていない。彼が残して行ったこの空間だけが、自分を許してくれる唯一の共犯者に思えた。

空にとっては、どれほど面白いテレビ番組より、絵本より、歌より、一匹のありの旅行にこそ、意味があるように思えた。自分より何倍も大きい蛾を、みんなで巣に運ぶ。殺したわけじゃない。命をつなぐために、落ちた古い命を食う。それだけのことだ。その行列を、彼女はただ一心に見つめる。

からすたちが森に帰って、子どもたちもいなくなる夕暮れどき。周囲の、なにかを見つめることを忘れた大人たちの冷やかな視線を浴びつつも、気にすることなく空は彼らの生を見つめる。ありの一行の邪魔することは決してない。手助けもしない。そんな彼女の目の前に、白いバスケットシューズが現れた。

「……どうも」

目。それしか認識できない男が、彼女の前に立っていた。その目がどれほど冷たくても、自分が笑いかければやわらかく落ちつくということが空にはわかっていた。

「なに、見てる、の？」

「あり」

「あり？」

「そう。ありはね。はたらくありとしじするありと。そだてるありがいるの。いきるためにおちたむしをつかまえる。おばーがいってた。むしたちがこのほしをささえている。だからかれらのこえをきけるようになりなさいって」

「……そうか」

空はいきなり立ち上がって、その男の手を取った。男は驚いて振り払う。彼女は目を見開いたまま言った。

「きず。いたそう」

「……古い、傷だ」

手の甲に、横一文字の傷があった。刃物で切ったようでもない。生まれかわった皮膚は色がうすく、ぎざぎざにそのあとを残していた。

「おばーがね。そらがくさむしりしてたときね。てのひらがきずだらけになっちゃって。でもおばーはね。よくはたらいたしょうこだよー。ってわらってくれた」

「働いた、証拠」

「うん。おばーのてとはちがうけど。これもはたらきもののしょうこだよ。だからね。えーと。えーっとね。だいじょうぶ！」

話の本筋はぼんやりとしているが、それでも彼は、最後の一言にすべてが凝縮されている気がして、うなずいた。

「空。海のこと、好きか？」

「うん。そらね。うーみのことうまれるまえからすきだった。ほんとだよ。おかーさんのおなかにいるときから。ずっとずっと」

「……オボツからの、使者、か」

「そうだよー。だからそらはそらってゆーの」

いつの間にか握りしめていた手を、彼はそっと離した。いつまでもその手をとっていられたらどれほど幸せだろうと思ったが、自分には許されないと、男は確信した。

「太陽が、西から昇る、なんてことは、ありえないことだ、な」

「んー。なーに？」

「君の、信じる男を、見させて、もらうよ」

あくまで影である男は、そう言い残して去っていった。一度手をつけた事案をどう終わらせるかという思考は放棄して、あくまで傍観者としてことの成り行きを見届ける決意を、新たにした。

いっぽう、空は所在のなくなった手をぶらぶらさせながら、公園のベンチに座りこんだ。思い出すのは、祖母の手。よく日に焼けていて、固くて、ざらざらしたあたたかい手。永遠の愛の誓いが刻まれたあの手。涙が流れることはなかったけれど、空はあの手を思い出すと胸の一番奥がじわっとあたたかくなった。街はすっかり暗い顔になって、公園にはだれもいない。寂しくなった空は、家路についた。でも、出迎えてくれるのはあたたかいけれど、やわらかい手だ。それを思うと自分の白い手があまりに虚弱そうなので、空はすこし、心細くなった。

「いそがなきゃ。よるになる」

周囲の景色がまたすこしかわったことに気がついて、空は走り出した。その足元に、ゆっくりと夜が忍びよってきた。

暴風警報

台風前夜。海は奇妙な違和感を覚えていた。

「いやー直撃なんて久しぶりですね。風も雨も強くなってきやがった。それにしても今日、ひと入ってるんですかね？」

「さあな。客は知らないが彼らはあの場所で一夜を過ごすと決めているだろう。彼らに会えれば充分だ」

ドライバーに、浦目。まだそれならわかるのだが、海はここに昇がいることが不思議でしかたなかった。昇自身の愛車で台風前夜に出かけるという行為と、知らされない目的地。彼の不安は大きくなる。

「しかし、本当にこの海を連れて行く気ですかい？」

「なになんてことはない。ただの社会見学だ」

「ひとり、足りません、が」

この車はベンチシートで、前も後ろも高級ソファ並みの革張りになっている。浦目は、助手席から意を発した。

「やつはもともとの風来坊だ。掴まえようとすることが無意味だ。まあそのうち帰って来るだろう。やつはこの島が荒れていてもひるむような男ではない。むしろ自分が荒波の中にいることが楽しくてしかたないような男だからな」

「だれの話ですか？」

たまらず海が割って入る。

「うん？　そうだな。阿修羅とでも言っておこうか」

「阿修羅ですか！　そりゃいいですね。うちの連中はみんなバケモノぞろいだ！」

「意味はある。やつの仮面も浦目と同様でぶ厚い。しかしさまざまな表情を持っている不思議な男だ。どこに行っても騒動を起こすあたりはさすがと言えよう」

「ほめ、言葉として、受け取って、おきますよ」

浦目はつぶやいて、窓の外、いつもより明かりのすくない街を見つめる。風を切る音や、打ちつける雨の音は嫌いじゃない。彼はそう感じていた。すくなくとも戦闘機の爆音よりはましだと思った。どちらも他人を寄せつけないほどの騒音だが、嵐の中の静けさは、ひとのつくり出したそれとはまた違っていた。

「そう言えば少年の源氏名《ストリートネーム》は決まったんですかい？」

「そうだな。あの場に行けばだれかに紹介するかもしれんな。お前たちでなにか考えろ」

「……名前、なんてものは、ないほうが、いいんですよ」

浦目が、めずらしくはっきりとした口調で言う。

「〈名無しのジョン〉ってことか？　それでいいんじゃないですか？　〈名無しのジェーン〉もいることだし」

「ふむ。それで行くか。お前はジョンだ、いいな？」

「はい」

「不吉な、名前、ですね」

車はやがて国道から脇に抜け、田園地帯を走っている。暗い森にどんどん近づいたかと思うと、そこで停車した。道に立っている男がやって来たからだ。運転席の窓が開く。

「雨風がひどくなると予想されますので、車は第二倉庫におとめください。そこから送迎車が出ていますので」

「はいはい。どーも」

一礼して、彼は納屋のようなちいさい小屋にもどっていった。

「毎度のことながら、よくやりますよね」

「経費の無駄だ」

車はそのまま直進して、体育館のような大きな倉庫にたどり着いた。

「めちゃくちゃ大きいとこですね」

「ああ。本命はもっとちいさいところだが」

門が開いた。すぐに警備員のような人物が電気をつける。エンブレムを一見して、海にもわかるような高級車が何台も並んでいた。

——そのままモーターショーができるぞ。

「あ、あねさんがたの車の横、開いてますね」

ドライバーはそう言って、杏の軽自動車の隣に車を停車した。まるで異国の地で同郷の人間に会ったような安心感が、海の胸にじんわりと広がる。おれは軽自動車にしよう。彼はそっと誓うのだった。

それから送迎車と呼ばれるバンに乗って、四人はすこし離れた、歩ける距離にあるちいさい倉庫前に送られた。

——学校の体育館サイズか。

海の胸に謎の安堵感が去来する。実際、そこも倉庫にしては大きすぎるくらいなのだが、先に駐車場を見たせいで、彼の感覚は麻痺していた。警備員のような男が一礼する。

「ごくろうさん。老は来ているか？」

「まだのようです。言づけしますか？」

「いや。いい」

すでに軽快なジャズがもれている赤茶びた鉄の扉を開けて、昇、浦目、ドライバー、海の順番で中に入った。

外のつくりからは想像できないほど、中は豪奢な内装であった。赤を基調にしたキャバレー風のつくりで、シャンデリアが天井からぶら下がっている。右手には賭けに興じるカジノがあり、左手にはバーカウンターとソファ席。フロアの中央には果物などの置かれたテーブルが五、六個置いてある。入口から正面には舞台があって、今はジャズバンドが演奏を披露しているようだった。ウエイターやドレスを着た女性が走り回っている。中にいる人間は、この島を象徴するかのように多種多様だった。

「なんですかここは？」

昇の隣にやって来て、海が尋ねる。

「ん？　ああ。なあに遊び場だよ。紳士淑女の、な。あまり口を開けてきょろきょろするな。田舎者と思われるぞ」

「それじゃボス。おれカジノ行ってきます」

うきうきとした様子で昇の了解も得ずに、ドライバーは小走りでそこへむかった。海が振り返ると、浦目もいなかった。忍者だ。海は思った。

「まあ今日はおれにつき合え。二階席で一杯やるぞ」

昇はそう言って歩き出した。海は注意されておきながらも、やはりめずらしいものを見る目で、周囲を見渡していた。カウンターの中にはなぜかビリーがいて、白人の婦人と屋部となにか歓談しているようだった。

「なにやってんだ、あいつ」

するとソファ席には杏がドレスを着てお酌をしていた。海に気がつくと、客の前だというのに投げキッスをしてくる。海はあわてて前をむいた。二階席は舞台の左手にある階段から上がるつくりで、その前にも警備員がいる念の入れようだった。

「あいているかな？」

「どうぞ。女の子はつけますか？」

「いや。いい。いつもの酒だけたのむ」

「かしこまりました」

螺旋階段をぐるりと一周して、コの字の端からソファのある席にむかう。そこからは、舞台の様子も客の様子もすべて見渡せた。しかしどんなに探しても、麻里と浦目を見つけることは海にはできなかった。

「眺めがいいのはわかるが突っ立ってないで座れ」

「あ、はい」

昇が煙草をくわえて火をつけようとすると、海がライターを取りだして火を灯した。昇は火と海を交互に見て、言った。

「外でもこんなことを?」

「あ、いえ。別に」

「いいか。自分の火は自分で管理するものだ。そうやって目上の人間に自分を安売りするものじゃない。たとえばだれかがお前の煙草に火をつけようとしても断れ。その行為ひとつがお前を堕落させる。わかったな?」

「……はい」

海は思った。このひとはすごいひとだ、と。自分の中に一本の信念がある。それにしたがって行動している。自分もなにかひとつ、これだと言えるものが欲しい。海は近ごろそう思うようになっていた。

昇はいらいらした表情でポケットの中を探る。しかしズボンにも、ジャケットにも彼の求めるものは、入っていなかった。両手をポケットに突っこんだまま固まる昇に気がついて、海が提案する。

「ライター、貸しましょうか?」

「……ああ」


「お前はよく働いてくれている。目覚ましい成長ぶりだ。時間外や当番でない日も仕事を見つけたりとって来たりする。言われなくてもやる。すばらしいことだ。ビジネスはそうでなきゃいかん」

「……光栄です」

「しかし、ひとつだけ気になることがあるのだ。お前は成り行きでおれと手を組んだ。どうしてそこまでやってくれる？」

「どうして、ですか……」

海は考えこむ。昇はウエイターに持って来てもらったマッチで、煙草に火をつけた。

「父親のことか？　京子のためか？　お前を突き動かすものがおれは知りたいのだ。お前はたしかにたよりないし馬鹿だが強くひとやものを引きつけるちからがある。それをなにに使う？　お前が目指している先はなんだ？」

「えーっと」

まくしたてるように言われて、海は後頭部をかく。昇は、彼のそういう甘いところが気になっていた。だからこそこの質問をぶつけたのだ。

「えっと、自分がどうなりたいかはわからないんですけど。多くのひとを救えるちからが、欲しいです。だれかの役に立ちたいというか、だれかに喜んでほしいというか、なんというか」

「ふむ。だれかを救いたい、か。……そこまでなぜ自分を追いつめる？　なにから逃げている？　なにに怯えている？　お前をそこまで追いつめさせたものはなんだ？　思いつめさせたものはなんだ？」

「えっ、と。ちょっと、わかりません」

昇は灰皿に燻して、水割りのウィスキーを飲んだ。かれの特異な弁舌がつづく。

「洋も戦争とこの島に心を痛めていた。学生時代から必死に勉強しいい大学に入り加熱していた学生運動期にやつは生きた。しかしかつての暴動や運動もまったく世論をひっくり返すことができなかった。そしてやつは新聞記者かジャーナリストになってひとびとの心に響く真実を伝えたいとよくこぼしていたよ。おれとやつが目指す先は同じだった。共闘が何度もあった。しかし互いに敗れ傷ついては距離もどんどんと離れていった。やがておれはちからこそすべてだと思うようになった。やつはもっと悲惨な真実を求めた。そしてやつはだれも知らない土地でその姿を消した」

ウエイターが料理を運んできたので、昇の言葉はそこでいったん切られた。海にはとうてい理解できないような食べものが目の前に並べられる。昇は大きく息を吸って、その目に一瞬、影を宿した。

「やつとおれには心ゆるせる人物がいた。聡明な女だった。彼女はおれたちの青春だった。頭がよくて真実を見る目を持っていた。そしてなにより、美しかった。おれとやつは彼女を助けたい一心でここまで来たのかもしれない。亡者にとりつかれてな」

「助けたい？」

「彼女は被害者だったのだ。くわしく語るつもりはない。彼女もまた直接的だが目に見えないかたちで戦争の被害をこうむったのだ。彼女には娘がいた。彼女に似た美しい娘が。いつも笑顔を絶やさない花のような女の子だった。そしてその子が中学に上がる前に。――彼女は逝った。名前は――天久東子《とうこ》といった。娘の京子は、その笑顔を失った」

「まさか……」

「お前がほれた女のために友人のために家族のためにとやっきになっているのはわかる。おれが集めたのは権力や暴力に耐えてきた子どもたちだ。お前は多くの人間と多くの金を集めてくれる男だ。しかし。女が自分を食い潰すかもしれないということを忘れてはいけない」

「空はそんなやつじゃない！」

海はつい大きな声を上げてしまった。じろり、と昇はその左目をむける。海は、深々と頭を下げた。

「……すいません」

「いい。気にしていない。しかしそれほど熱を上げる人物を一度見てみたいものだな」

それは、昇の本心だった。海はもちろん、浦目ですら彼女の存在を強いものとしている。どれほどの人間なのか、彼は知っておく必要があると思っていた。

「え！　まじですか？」

「冗談だ。そんなに怖がるな」

「いや、別に怖がってはないんですけど……」

ふ。ふ。ふ。愉快そうに、まるで友人とでも話しているような声で、昇が笑った。


「……海。詰めてくれ。お客さんのようだ」

灰色のスーツに身を包んだ、一度見たら忘れられないような眼光をした男が、階段を上がって来る。二十センチはあろうかという関羽髭をぶら下げた、昇よりはいくぶんか若いだろう男は、彼らの前にやって来た。

「お久しぶりです」

「板良敷《イタラジチ》か」

「今日は、老はいらっしゃいません。なんでも体調がすぐれないとかで自宅で休養していらっしゃいます。なにかありましたら、わたしがお伝えしますが」

口調は丁寧だが、下手には出ていない。海はその様子から、彼は大物なのだろうと思った。昇が相手に応える。

「今日は遊びに来ただけだ」

「そうですか。それでは」

「まあ待て。一杯やらないか」

踵を返して立ち去ろうとする男に、昇は声をかけた。振り返って男が応える。

「禁酒主義者ですので。では」

「わかった。別に酒は飲まなくていい。一度お前と一対一で話してみたかったのだ。いいだろう？　急いでいるわけでもあるまい。海」

「あ、はい。じゃあ下に行っています」

失礼します。と彼は会釈して、小走りでその場を離れた。板良敷、と呼ばれた男は海にも会釈を返す。

「未成年者でしょう」

「わかるか？　まあ。座れ」

「……失礼します」

欠けた円卓のようになっているソファの、ちょうど昇とむかい合う位置に、彼は座った。隣の席で女をはべらせていた男たちが、みんな逃げるように去っていく。

「何年になる？」

「なんのことでしょうか」

「おれとお前が会ってから、だ」

「……昇さんにお会いしたのは十年前の六月十日。場所は半島にある小料理屋でした」

「そうか。ならそれだけの間おれのことを見て来たわけだ」

「はい」

「なにか思うことはあるか？」

「……最近では、より一層のご高配を賜っていらっしゃるそうで」

「違う」

相手の言葉を切って、昇が言う。その手には、ショットグラスが握られている。

「おれが聞きたいのは腹を割ったお前の言葉だ。意見だ。お前がおれを嫌っていることなんてはじめから知っている」

「……そうですか。ではお聞きします。あなたは本当に革命をなさるおつもりですか？」

「そうだ」

「ねずみ講式的に街に麻薬や凶器を蔓延させて、それで得た金で革命を断行するわけですか？」

「そうだ」

「多くの血が流れだれかが傷つくことになってもいい、と？」

「暴力のない革命などない」

「……それは道理ですが、もっと民主的に訴えてみてはいかがでしょうか。素手で闘いつづける市民団体のように」

「それでなにかかわったか？　お前らの活動でなにかがかわったと言うのか？」

「……わたしたちに出来ることは、文化を守ることです。それは未来につながります。新しい子どもたちに届くのです。それは、たしかにあなたがたにすれば、なんの面白味もない偽善的な活動でしょう」

「そこまでは言っていない。文化は守らなくてはいけない」

「しかし、もし出所があなたのドラッグで事件や事故が起こったら、どう対処するおつもりですか？」

「いろいろな場所に金を巻くさ」

「それで済むような事案なら結構ですが、たとえば訓練中の兵士が誤って事故を起こす可能性も、……わずかかもしれまんが、ありえることでしょう？」

「そうなれば彼らは秘守するだろう」

「しかし、再三の事故に民衆の怒りが頂点に達してしまったらどうなるでしょうか？」

「暴動だな」

「そうです。くすぶっている若いエネルギーが暴力にむくのがわたしは一番怖いのです」

「第三者。もしくは傍観者のまったく関係のない市民に犠牲が出てもいいのかと、そう言いたいわけだな？」

「そうです。あなたの言う〈犠牲のシステム〉を、あなた自身が民にふりまくことになるのではないでしょうか？」

「なるほど。その意見はわかる。しかしそのシステムによって抑圧され大地と生きることを忘れてしまった民衆を目覚めさせるにはそれ相応の痛みが必要なのだ」

「理屈はわかりますが……」

「屁理屈だ」

「はい？」

「こんなものをどれだけ並べ立てたところで所詮は屁理屈でしかない。論理の追いかけっこだ」

「そうですね」

「お前たちは表の人間だ。かたくなに文化を守っていかなくてはならない。慎重になるのもわかる。しかしおれはこれ以上見ていられないのだ。ヘリに耳をふさぐ少年を」

昇の脳裏に、かつての光景がよみがえる。

「……そうですか。引き下がるつもりは、ありませんね」

「ああ」

「……わたしにはなにも出来ません。肯定も否定も出来ません。決断するのは、老です。老とともに、見届けさせていただきます」

「ああ」

「最後に、ひとつだけ忠告をさせていただきたい。アメリカ本国だけでなく、〈サイファー〉と〈フリフラ〉が、あなたに対する危機感を強めています。彼らはあなたが危険思想者だと」

「〈フリフラ〉もか」

「はい。彼らは到達地点こそあなたの思想と似ているでしょうが、母体は環境保護団体です。上は暴力でことを運ぶのをよしとしていません。まあ、末端の会員がどうかは存じておりませんが。〈子宮《ウーム》〉はこれまでどおり傍観主義でしょう」

「そうか」

「ちらちらと動いているところもありますが、今のところ大きな動きはありません。しかし、気をつけてください」

「心配してくれているのか？」

「……あなたを失ったら、彼らは暴走するでしょう。強いちからを持った人間は、暴徒と化すかもしれません」

「お前も考えるようになったものだな」

「おかげ様で。それでは、僭越ながらお先に失礼させていただきます」

「老によろしく言っておいてくれ」

「はい。では」

男が去っていくと、昇は煙草に火をつけて、ネクタイをすこしゆるめた。使いの者とはいえ、板良敷という男はいずれこの島のリーダーになる可能性を秘めている。敵に回したくない人物なのだ。しかし、自分のゆずれない信念のために、昇は本音で言った。彼なら理解してくれるだろうという思いが、本人も気づかないところにあったのだ。

――あと十年もすれば、彼なら立派に民衆を支えられるだろう。おれには、こんなまねしかできない。

苦渋をすする想いで、昇は新たな一手を考える。その顔は、だれが見ても悲しい表情であった。


華麗なポールダンスが終わると、ステージの上に麻里が立っていた。バンドを引き連れて歌を歌っている。高音ののびるハスキーな声が、ジャムバンドの音の上でブルースに乗って踊り出す。

「すげえ」

ぽかんと口を開けた海は、それまで彼女のその特技を知らなかった。

「ひっひっひっ。ここに来るやつらにとっては、ちょっとした有名人さ。ま、男よりも女に人気があるところが虚しいけどな」

「最近の姉貴は貫禄が出てきたからねえ」

そこに、くたびれた表情で杏が現れる。

「あー疲れた。ビリー、なんか頂戴」

「おう。じゃあブラッディ・マリーでもどうだ？」

「〈血みどろのマリー〉？　笑えないジョーク。でもそれでいいや。お願い。ジェーンの歌声に捧げることにするから」

「それだと、意味が違ってきませんか？」

「あら。今日あの子生理よ」

「え」

「うそ」

愉快そうに笑って、杏はカウンターにむき直った。別に興味ない、という顔で。本当は麻里が注目されるのが気に食わないのだが、大人ぶるくせのある彼女は、平気な顔で冷たいグラスを受けとった。

ステージの上で、歌いながらも麻里は迷っていた。以前に、浦目から歌ってくれとリクエストされた曲があったのだ。バンドはつくって来ている。しかし、その曲目が彼女をためらわせた。三曲目を歌い終えて、麻里はアウトロに身を任せながら、彼の姿を探した。しかし見当たらない。そのかわり――、カウンター席でこちらを見ている海に気がついた。そして悟る。それは、彼が海に用意した歌だと。英語の歌詞は彼にはわからないだろう。けれど、浦目が「歌う、必要が、ある」と言っていた意味が、麻里にもすこしだけわかった。

「やっぱり歌うことにする」

バンドのリーダーである、サックスの男に耳打ちする。その男が視線を配るだけで、メンバーはみんなうなずいた。

四曲目は〈スネーク・イーター〉という曲だった。ひとりの女性が〈蛇を食らうもの〉に命をささげるという内容だ。蛇と呼ばれる浦目を否定するその歌に、杏はひと知れず舌打ちをした。

しかし、隣に座る無邪気な少年こそが、彼の苦しみを解き放てる唯一の人物に思えるのも、また事実だった。

路上の花

非番の日、海はなんとなく足がむいて、彼らの集まるバーにやって来ていた。あれ以後、空との関係が気まずくなってしまったこともある。空は気にしていない様子なのだが、へんにまじめな海は、やはり後ろ髪をひかれる思いがあった。

「銃、は、持たない、のか?」

「いやー、麻里にむけられていらいトラウマで」

店内には、カウンターに海と浦目がいて、テーブル席では屋部が、一心不乱に絵を描いていた。

「それ、でいい。お前、には、必要ない」

「ですよねー」

「あれは、麻薬と、同じだ。一度持つと、手放せない。しかも、あると、使いたくなる。生きもの、を、撃ちたくなるんだ。一番、身近な、ものは？」

「あー、同棲してる彼女ですかね」

「違う。お前、だ」

「ええっ！　まさか自分は撃たないでしょう」

「言い、切れるか？」

「うーん。それは、そうですけど」

屋部が背をのばして、首を回し、小休憩にカウンターにやって来る。自分で安ウィスキーを水で割って、酒をつくる。

「かわいいのかい？　ひっひっ。その子は？」

「かわいいとは、思いますけど。かわった娘ですよ」

「いいじゃないか。かわった顔でまともな子よりずっといい。ひっひっ」

下品に笑う屋部。闇医者というのはみんなこうなのか、と海は疑う。しかし、ここにやってくる人間のリピーター率を考えると、腕はたしかなようだ。頭のいい人間はやはりへんなひとが多いのだろうか。彼は思う。

「なんていうのか、ずっと自分だけの世界で生きているような娘なんですよ。外界と接触するのが彼女にとってはすごく苦痛で、難しいんだと思います」

「ひーっひっひっ。そりゃまた面白そうな子だ。けど心配ないさ。つまるところ、人間には二種類いるんだ。ひっひっ。宇宙を自分のものにするやつと、自分の中に宇宙をつくり出すやつが。ただ、どちらも完全に支配することは不可能に近い。そのどちらかの宇宙だけで暮らすことはできないからだ。現実がここには存在するということさ。ひっひっ。それがその子の苦しみなんだろうね。どれだけかかわりものかは知らないが、そのどちらかの宇宙が〈完全なるもの〉に近いほど、現実との摩擦を起こしやすい。表現者にむいているね。どちらにせよ。あれもあれで、悪魔の多い世界だけどね。ひっひっ」

「はあ」

ぼんやりとした返事を海が返す。あきれたように浦目が言った。

「理解、して、いるか？」

「あんまり」

「だろうね。ひっひっひっ」

「でも絵を描くのが好きなんですよ。表現者にむいているのは本当かもしれませんね」

嬉しそうに、屋部は何度も大きくうなずいた。

「そうかそうか。絵はいいぞ。どれだけ弁舌を語りつくしても、どれだけ美しい言葉を飾っても、ある種の念がこもった一枚の絵には勝てないときがある。絵は自由だ。青く見えるものを赤く描いたっていい。鳥を人間より大きく描いたっていい。白紙にひと筆だけ描いたってそれは絵だ。いつか、その彼女が描いた絵を見せておくれよ。ひぃーっひっひっ」

屋部はそう言って立ち上がり、また作業にもどった。彼の描いているそれは、一枚の刺青の下絵だった。


「しっかしまーマンネリだよなー」

西海岸の街で、ふたりの男が歩いている。良平と、もうひとり。その男は高校でつるみはじめた同級生で、ヨーロッパ圏のどこかの国のクォーターらしかった。

「女でもいれば、違うんだろうけどな」

返事はない。良平はため息をついた。私生活の多くも彼とともにするようになってから、話題がどんどんなくなって、気づけば同じようなやりとりばかりしている。

「なあ。美喜男。なんか面白いことねーか？」

「バツならあるぞ」

「違くてさー。もっとこう、下腹部が湧きあがるような刺激的なアバンチュールはないのかって」

「またはじまったよ……」

「あ！　あ！　お前、ひとりの人間だという前に自分が一匹の雄であることを忘れてるんじゃないだろうな！　いかんぞー。それはいかん！」

「うるせえ……」

ぎゃーぎゃーと、――良平ひとりが――わめきながら、ふたりは海岸線沿いについた。もうすっかり日は落ちているが、何組かのカップルたちがいちゃついていた。

「よし、このへんで煙草でも吸うか」

「お前は最も低いな」

「おい！『最低』と言え、『さいてい』と！　なんかしらんが『最も低い』って嫌だ！」

そこから見える丘は赤く、基地からサーチライトが何本ものびていた。日中はまだ暑いが、夜に吹く風は熱くも冷たくもない。海沿いの風が強くてライターの火がつかなかったので、良平は出した煙草をシャツの胸ポケットにしまった。

「女ー！　女ー！　欲しいー！　欲しいー！」

「うるせえ……。ナンパでもすればいいだろうが……」

「名案！」

グッドポーズを残して、良平は防波堤から降りた。黄昏ている女性につぎつぎと声をかけはじめる。

「知らねえぞ……。近くに男でもいたらどうすんだよ……」

そのとき、良平がものすごい形相で走って来た。美喜男の肩を強くたたく。パシン。いい音が夜空に響いた。

「痛えな！」

「つつつつつつ、つかまった」

「だれが？　ドラッグか？」

「ちちち違う、おお女が」

「うそだ！」

「うそじゃねえよ！」

「うそだ……」

「なんでこの世に絶望しました的な言いかたなんだよ！」

「いい女か？」

「外人」

「両方？」

「両方」

「良平、おれは今猛烈に感動している」

「ブラザー」

「ああ」

夜の浜辺で嬉々として抱き合う男ふたり。見かけたら半径五十メートル以内には近寄りたくないような光景だった。

「その子がお友達？」

背後から声をかけられて、良平が振り返る。ブルージーンズの似合う褐色美人と、まつげの長い黒髪の女性が立っていた。

「そう！　ぼくの親友！」

「そう！　ぼくたち兄弟！　ぼくミッキー！」

ふふ。黒髪の女性がやわらかく笑った。

「わたしは杏。こっちは蘭。よろしく」

「蘭ちゃんも外国人なの？」

「はい。ベトナム生まれ」

きれいな女性の、片言の日本語。それは、ふたりにとってはたまらないご褒美であった。

「ミッキー！」

「わかる！　言わずもがな！」

あきれた表情で杏がたずねる。

「で、どうするの？」

どうやら、彼女はあまり乗り気ではないらしい。すこし考えるそぶりをして、良平が応える。

「じゃあそーだな、ボーリング行ってカラオケ行って、それからホテルに」

「言うな！　それは、言うな」

「蘭。帰ろう」

「なにとぞ！　後悔はさせませんから！」

振り返って立ち去ろうとする杏の腕を、良平が無理矢理につかんだ。杏はぱっと振り返って、こう言った。

「へえ。なにか面白いものでも見られるのかしら？」

「面白いものなら、持ってるぜ」

美喜男がそう応えた。それを聞いて、杏が仕事の顔つきになる。

「そう。じゃあいいわ。行こう、蘭」

「はい」

ふたりはハイテンションのまま、終始こんなやりとりを繰り広げながら、街へと引き返す。蘭はそれを見てくすくすと笑っていた。

「おもしろい。へんな」

杏は、蘭のそれとは違う視点で彼らを見ていた、まず服装で彼らの羽振りがどれぐらいなのかを考えていた。蘭のいないところで、彼らとビジネスの話が出来そうだ。杏は浮かんでいる月のように薄く、ちいさく微笑んだ。

「海。今日は集金だ。わかっているな？」

「あ、はい」

「今日はあいにくジェーンが風邪らしくてな、杏とむかってくれ」

「え、そうなんですか？　彼女、今ひとりで暮らしているんじゃ」

「ドクターの診療所にいる。武器屋も一緒だ。なにかあれば連絡が来る」

「そう言えばさ、武器屋の名前ってなんなの？」

杏が、今気づいたかのように尋ねる。本人に聞いても答えてもらえないので、昇なら知っているのでは、という期待をこめて。

「さあな。本人が名乗りたがらないのだからしかたないだろう」

「麻里と武器屋の、ふたりだけですか？」

「海。心配な気持ちはわかるよ～。わたしも、ジェーンがあの子に食われたらと思うと」

泣きまねをして見せる杏に、昇から檄が飛ぶ。

「無駄口たたくひまがあるならさっさと行け！」

「はいはーい。海、行こう」

「あ、はい。失礼します」

ようやく静かになった店内に、屋部の低い笑い声が響く。昇は顔をしかめて話し出した。

「まったく。あいつらはおれをなんだと思っているのだ」

「ひっひっ。そうかんしゃくを起こしなさんな。はじめのころを覚えているか？　みんなお前さんが来ただけで黙りこくっただろう。ひっひっ。お前さんの目の前で軽口をたたき合えるってことは、いい関係性であるという証拠だ」

「そうでしょうか」

昇は、年上には立場など関係なく敬語を使う。亀の甲より歳の劫。彼は、経験に勝るものなどないと信じている。

「海にはもっと強くなってもらわなければいけないのですがね。今のままでは我々が表に出たときに浦目が注目されてしまう」

「それじゃだめなのかい？」

「やつは影でいたがりますし、なにより万人受けしませんからね。表情豊かな海のほうがやさしそうに見えて世間受けはいいですよ。間違いなく」

「ま。やっていることはえげつないけどな。ひっひっひっ。あどけない残酷さ。それもまたひとつの可能性なのかね」

「……ドクター。人間という生物はどうしてこんなにやさしいのでしょうか。いつも周囲のひとの喜びや幸せを考えています。まるで目に見えないものはないかと言うように。しかしここで暮らすものは現実的に戦争を見ているじゃないですか。それなのになぜ日々に潜む快楽に甘んじるのでしょう」

「それは、上に立つものの意見だな。そして、税金のかからない金で暮らしているお前さんだからこそ、言えることだ。ひっひっ。充足を知ることが、幸せへの第一歩だよ。ひっひっ。それじゃ、あたしはおいとまさせてもらおう。海の言うように、あの子はちょいと信用ならんからな。診療所が閉まる前にもどるとするよ。ひっひっひっひっひっ」

「ドライバー。送ってやれ」

「はい」

ひとりきりになって、昇はため息をついた。屋部の言うように現状に満足することが幸せなら、自分たちはどこへ行けばいいのだと。この荒波の中、張った帆をいつおろせばいいのだと。尽きない疑問、終着点のない迷路。それは売人に限らず、だれもが直面する苦しみであった。すべてを捨てたはずなのに、どうして未だに苦しいのか、昇はわかりかねていた。

京子はあせっていた。すべて荷物はまとめたはずなのに、どうしてもあのライターが見つからないのだ。信じるひとが、まるで形見のようにくれた特別なシリアルナンバーの入ったライターが。

「くそっ、どこにあんだよ」

そう吐き捨てて、台所のいすにもたれかかる。すこし動いただけで、息切れするようになっていることに、彼女は気づいていない。もう、仕事はしていなかった。

自分もこの家を出ていくのか。という複雑な感情を、アルコールで胃の奥に流しこむ。約束の時間を過ぎても、だれかが迎えに来る気配はない。

『は。かつがれたかな』

求めているのは手ではないそれを待つ苦痛。京子はもう、それにもすっかりと慣れ切っていた。たとえその手が連れて行く先が地獄でも、追いつづける寂しさにはかなわない。

思い立って階段をのぼり、彼の部屋に入る。かびのにおいがした。もう、何年も窓は開けていない。しばらく、アルバムや彼の残したノートを眺める。ふいに笑いがこぼれることもあったが、それはもう長続きしない。曇りの日の夜は、普段にもまして外が赤い。

彼女は、しばらく部屋の中をぐるぐると回って、思い出したようにベッドの横に置かれた写真立てを手に取った。

——危ない。危ない。

留め具を外して、中の写真を取りだす。しかし、その手触りは自分の知っている厚さとは違っていた。親指と中指を上下にずらすと、ぺり、となにかが剥がれる音とともに、一枚のはずの写真は二枚に別れた。

——なんだ?

見えないようにしまわれていたその写真に、彼女は驚愕する。肩を寄せあうように、そしておたがいを支え合うように立っている、幼いころの空と海の写真だった。そして、その仕掛けをつくった洋の気持ちを思って、彼女はあふれる想いを抑えることができなかった。その場にうずくまって、声を殺して、泣いた。もう同居人はいないのに、声を出すことははばかられた。それが、彼女の痛みの根源だった。

そして、彼女は目を覚まさせられることになる。たった一言「準備はできたか？」という低い声によって、京子は憎むべき現実に引き戻されたのだ。

もう、帰りを待つものはいない。

いつもの手つきで鍵を取りだしてドアを開く。彼が集金のために来ているということも、すっかり広まったのかだれもとがめるものはいない。それにしても—海は思う。また新しい欲望の掃きだめが連れてこられたのか、小蝶の部屋の前のひとだかりが、前よりいくぶんかすくなくなっているように感じた。

「小蝶」

開口一番、彼女の名を呼ぶ。ベッドにうつぶせで寝ていた小蝶は、顔だけを上げて、その相手を捉えた。

「ああ……」

ぼんやりとした笑顔を浮かべて、上体を起こす。それだけの動作なのに、ゆっくりとした動きで、ふらふらとしている。それから、部屋の中をきょろきょろと見渡したと思うと、手に封筒を持っていることに気がついて、彼女はそれを差し出した。

「はい……」

海はなにも言わずそれを受けとる。ずっと握りしめていたのか、くしゃくしゃで、すこし湿っていた。海はそっと、彼女の頭を撫でた。

「やっ！」

そのとたん、小蝶の目は見開かれて、怯えたような悲鳴を上げながら、彼の手を振り払った。彼女は逃げるように狭いベッドの上を這って、その隅で丸くなった。そのからだは、がたがたと震えている。

はあ。海はため息をついた。最近はいつもこうだ。好不調の波が大きくなっている。満開の笑みでむかえたと思えば、この世の終わりのような表情のときもある。そして、なにがスイッチになるのか、小蝶は突発的に怒りだしたり、泣き出したりする。

「速いのの、影響かな……」

彼女の、穴だらけになった右腕は、もう目も当てられないほどだった。しかし、彼女がここで客と会っている以上、だれの仕業かを特定するのは不可能に近い。

お金だけ受け取ればそれでいいのだが、海は帰る気にはなれなかった。けれど、もう抱きしめてやることさえもできない歯がゆさが、彼を苦しめる。

「最近、よく、来てくれるよね」

ぽつり、と。テレビでも点いていたなら掻き消えてしまいそうな、蚊の鳴くような声で彼女が言った。

海は、彼女が気になって、集金でない日もよく様子を見に来るようになっていた。非番の日に、空をほったらかしてまで。その頻度は増す一方で、週に一回はここを訪ねるまでになっていた。

「どうして?」

「どうしてって、そりゃあ、元気かなって」

あいまいな彼の言葉に、小蝶は閉口する。ふたたび部屋の四隅から、冷気が這ってやってくる。しかし沈黙していると、隣の部屋から聞こえてくるベッドの軋む音とけものの声に、頭がおかしくなりそうだ。海は息を深く吸いこんだ。

「海が、ここから、連れ出してくれるの?」

しばらくの静寂のあと、小蝶がそう言った。海は今つけようとしていた煙草をしまって、信じられない思いで彼女を見た。

「ああ。できるよ。こんなところにいるから気分が悪くなるんだよ。出よう」

「今すぐ?」

「今すぐは無理だ。麻里と相談して——、そうだな、早くて来週には」

「そしたら海、そばにいてくれる?」

「え」

「小蝶のそばに」

海は絶句する。もちろん友だちとしての縁は切れないだろう。けれど、彼女が言った言葉がそういう意味でないことぐらい、鈍感な彼にもわかった。

「彼女、いるんだ」

「あ、いや」

口ごもる海の顔面に、枕が飛んできた。もちろんそんなものに殺傷能力はないが、京子に平手で殴られたとき以上の痛みを、彼の胸に刻みこんだ。

「ひとりになるぐらいなら出ない！」

「小蝶」

「小蝶はここでの生き方しか知らない！　だからできない！　怖い！　ひとりはいや！　ひとりになるぐらいならここでいい！」

錯乱してベッドを殴りつける。海は立ちあがって近づこうとしたが、射るような目がそれを封じた。そんな目の彼女を——海は知らない。

「どうせ海もからだが目当てなんだ！　またもう一回したいからここに来るんだ！」

その言葉にかっとなって、海は彼女の頬を叩いた。怒りと涙がごちゃ混ぜになった目が、ふたたび怯えたものにかわる。

「ぶった」

「あ。いや……」

「海がぶった！　海も同じだ！　男なんてみんな一緒だ！　彼女いるくせに！　奥さんいるくせに！　そんな汚れた手で触らないで！　乱暴しないで！　殴らないで！　切らないで！　薬はいや！　もうやめて！　ごめんなさい！　ごめんなさい！　お父さんごめんなさい！　すいません！　すいません！　お母さん助けて！　なんで見てるのに助けてくれないの！　だれか！　だれか！　痛い痛い痛い痛い痛い痛い痛い！」

頭を抱えて、小蝶が叫びだす。もう、それは常人離れした表情だった。悪魔信仰の絵に出てくる、呪われた少女の顔だ。

「小蝶」

「なんでまだいるの！　お金あげたでしょ！　帰ってよ！　帰って！　ひとりにして！　見ないで！　嫌い！　嫌い嫌い！　痛い！　痛い痛い痛い！　お願い、お願い。見ないで！」

海は後ずさって飛び出すように部屋を出た。あれはだれだ？　知らない知らない―。

ひとりになって、小蝶は急にさびしくなった。閉まり切っていないドアから、ひと筋の光がもれている。

――きれい。

ぐちゃぐちゃになった思考回路で、彼女はポーチからはさみを取りだした。

「なんで今まで気がつかなかったんだろう。馬鹿だなあー。だからみんなに嫌われるんだ。自分でなにもしないひとは嫌われるって、小学生でもわかるよね」

じょきり、じょきり。嫌な音とともに、彼女の自慢の赤毛が、白いシーツに落ちる。

「変装して帰ればいいんだ。そしたら、この悪い夢も終わり。ね。そうだよね。そうでしょだれか応えてよ！　無視しないで！　ここにいるよ！　助けて！」

はさみを放り出して、彼女は裸足のまま外へ飛び出す。散切り頭を右に、左に。本能的に下り坂を走る。家への帰り道がそうだったから。周りの人間が見ている。気にしない。自由だ。小蝶は自由だ。もう人語とは思えない言葉を羅列して、彼女は道路に飛び出した。

——なんてきれいなんだろう。外の世界はこんなにきれいだったんだ。海にあやまらなきゃ。麻里といっしょに京子さんに会いに行こう。京子さんの甘いカレーが食べたいな。

目の前に光が飛びこんできた。彼女は虜になったように目を細めた。そのあと、なにかが爆発するような音がして、自分のからだが二転三転する。痛みはない。そのかわりに星が見えた。自分の周りにひとだかりが出来ていく。しばらくして、どこからか救急車の音が聞こえて、小蝶はその目を閉じた。

飛び散った血が、まるで薔薇のようにアスファルトに咲き乱れる。砕けたガラスが、街灯を反射して赤く光った。

群青

ある日、目覚めたら空はひとりだった。自分がなにものかという前に、見なくてはいけないものがあった。偉大なる祖母が名づけた〝命のノート〟を探し出して、その表紙にそっと触れる。古いクレヨンのあとががさついていて、指に触れるとまず、大事なひとを思い出す。

「うーみ。きょうもいない」

最近海は、起きる時間も帰って来る時間もまちまちで、空とはすれ違いの生活がつづいていた。ひとりきりだと、広く感じる部屋の真ん中で、空はそっとノートを開いた。

その中には、自分が生きていくためにしなくてはいけない祖母の教えや、忘れたくない思い出の記憶、家のどこになにがあるかまで記されている。

「おなかすいたられいぞうこ」

海の汚い字で記された一文をつぶやいて、空は冷蔵庫にむかう。開けると、彼がつくってくれたのだろうピラフが入っていた。それと野菜ジュースを手に、空はひとりリビングの食卓についた。子どもむけの番組を見ながら、一定のペースで食べる。

「きょうは。うーん。こうえんにいく」

海からは、「あまりひとりで出歩くな」と言われているのだが、ひとりきりでいるのが嫌で、彼女は友だちを探しに行く。公園、河川敷、小学校。よく出没するのはそんなところだ。彼女の友だちは、近所の数名の子どもたち。通るたびにおなかを出してくる犬。からす。虫。話ができるものと、話ができないものとを比較すると、圧倒的に彼女は話のできない友だちが多かった。別に悲しいとは思わない。今までも、そうだったから。

ゆっくり歩きながら、公園へむかう。ハートの形をしたポシェットから、「一日一枚だけ」という厳しい制約を受けているガムを、今日はこっそり二枚取りだして、一枚をポケットに、もう一枚を口に運んだ。息で風船をつくりながら遊んでいると、あっという間に公園にたどり着く。

「あれれれれれ。いなーい」

時計を見上げる。彼女は数字が苦手なので、今が何時なのか、正確にはわからない。お昼の生放送がやっているような時間だった。空は、本当は子どもたちと砂場遊びをやりたかったのだが、しょうがないので花から花へ飛び移るはちを追いかけていた。

空のかなたに映る群青。うろこ雲。選挙カーの売り文句。走りぬけるバイク。風にゆれる木々のざわめき。交差する影絵。鳳仙花のかおる午後。やってくる橙。銀に跳ね返って錯乱する光。

どこからか聞こえてくるたどたどしいピアノ。踊り出す星。

すっかり夕暮れになっていることに気がついた空は、天を仰いだ。風の流れ来るところから、黒いかたまりが街を覆い隠そうとしていた。

「いやなくも。かえらなきゃ」

公園を出る、ちいさい階段を空は下りた。そのとき、ふと視線を感じて振り返った。しかし、子どもたちはみんな帰っていて、公園にはだれもいない。首をかしげて、彼女は走り去る。長くのびた影が、彼女をどこまでも追いかける。


「日本人は言葉遊びが好きだな」

「掛け、言葉に見られ、る、ダブル・ミーニングや、隠語。暗喩」

「言葉を正面から捉える人間にとってこれほど暮らしにくい国も珍しいだろう。しかし面白いではある。隠された意味に気づくと世界が広がるからな。だから言う。第三次世界大戦は意味が転じて〈大惨事世界大戦〉になってしまう。だから起こしてはいけないのだ。偉大なる科学者の言葉を借りれば〈第三次世界大戦はわからないが、第四次世界大戦では人々は石を投げ合って戦うだろう〉。信憑性の如何ではなく。やはり起こしてはいけないものなのだ。よく言うだろう〈二度あることは三度ある〉もしく〈仏の顔も三度まで〉と。だからこそ〈三度目の正直〉にしなくてはならない。そして。おれはそこまで人間が愚かではないと信じたいのだ」

「言いたい、ことは、わかります。……本当に、可能だと？」

「なにがだ？」

「法によって、戦争のない世界が、確約される、と。本気で、信じてい、るのです、か？」

「……」

「……なら、ちからに、よって押さえつけ、る、独裁、国家でも、つくります、か」

「ふざけるな」

「違います、よね。どう、するのか、見させてもらい、ますよ。真心を、もって」

「……。この場所が生まれて、もう二年になるのか」

「……ええ」


山奥を走る、一台の軽自動車。それは、かつて杏が乗っていた車と同じナンバーだ。しかし、車内には男がふたり。〈バーティゴ〉が流れている。

「吸い過ぎだぞ」

「〈決して衰えない吸引力〉」

「煙たいっての……」

良平と美喜男は、北にそびえる山の中を走っている。どこかの木に、とある宗教団体のポスターが張りつけられているというすくない情報をたよりに、その場所にむかう。

木々のつくり出す暗闇とざわめきは、まるでジャッカルが潜んでいるかのような雰囲気を漂わせる。満ち欠けする月の明かりと車のライトの光が交差する。

「あ、いたぞ」

良平が指さした先には、待ち合わせ場所の目印があった。そこには、黒い外車が停まっている。車を停車して、ふたりが出る。すると、むこうもおりてきた。

黒いストローハットに、黒いペイズリーのシャツの男は、煙草に火をつけたかと思うと、話し出す。

「トランクに積んで」

「あ、はい」

ふたりは言われるままに、後部座席から銀のアタッシュケースを取りだして、外車のトランクに乗せた。

「よし、じゃああとはこっちでやるから、帰っていいぞ。金は杏から受け取ってくれ」

「あ、はい」

「失礼します」

ふたりはそそくさと、その場をあとにした。

男が六本目の煙草に火をつけたときだろうか、一台の黒塗りの日本車がやってきた。

「ハーイ。ドライバー」

窓から顔を出したのは、杏だった。

「へえ、いい車じゃねえですか」

「いいでしょ。あーあ。これが借りものじゃなければなー」

そこで無駄口は終わる。男がアタッシュケースを、今度は杏の車のトランクに積みこむ。そして杏が車からおりて、キーを交代する。

「予定どおりってとこですかい？」

「ええ。色んなとこにちょっかい出してきたわ。ふふ。気分爽快。こんな人間がいるから、弱いものいじめはなくならないのよ。きっと」

車を入れかえて、まず杏が東海岸むけに走り出す。すると、反対車線から銀の車が走って来た。それを確認して、ドライバーは車をUターンさせて追いかける。

「へえ、いいもんですね」

やがて銀の車に――わざと――引き離されると、V字アンテナの突き出た白い車が、バックミラーに映りこんできた。

「やっとお出ましですかい。ご苦労なこって」

その車に積まれた銀のアタッシュケースの中身はから。いわゆるダミーだった。今までのことは全部茶番。本命は闇の中。

麻里は、わからずにいた。もう長いことこの業界にたずさわっているので、食うぶんにも困ることはない。いや、むしろ昇の手腕によって、彼女は大きな利益を得ていた。もうこの島を出ることも不可能ではない。しかし、いつでも出られるということは、いつ出るのかは自分で決めなくてはいけないということだ。自分にふたつ流れているうちのひとつの血を否定するような、反米的な彼の思想に没頭しているわけでは決してない。海のように、純粋に平和理想のために戦っているわけでもない。それがどれだけ命をすり減らす行為なのか、彼女にはわかっていたから。

それでも――、と麻里は思う。自分が自分の欲望のために犯してきた罪。侵してきた社会。冒してきたひとびと。それらのことを考えると、彼女はそこから立ち上がる気にはなれなかった。そもそも泥沼の底から抜け出す手段を、彼女は知らなかった。だからこそ締めつけられる――鮮やかな青。やはりその感情の説明は、彼女にはできない。憧憬。邪念。酔狂。投影。夢。現実。整理のつかない物事を並べ立てる。するとそこは、日のあたらない隙孔の中だった。活路は、大きな時流のうねりによって立ちふさがったままだ。

麻里のとなりで横たわる、ほとんど視力を失った少女は、窓の外になにを見ているのだろうか。やがて――冬がくる。春に十八を迎える少女の見る未来は、明るいのだろうか。やはり麻里は、わからずにいた。

ただ、病的なほど美しく白い無機質な部屋の中では、やはり自分の肌の色は浮くのだろうな。そんな感情に支配されて悲しくなっても、彼女を抱きしめてやれる唯一の人間は、そこにはいなかった。彼の愛したあの海辺には、もう顔は見せられない。

「海が見たいのー」

突然、少女がつぶやいた。視線の先には蒼い円が浮かぶ。麻里はそっとその髪を撫でて、納得したようにこうつぶやいた。

「――でも、太陽がなければ光らない。わたしも、彼も」

麻里は、夜の月のように笑った。


あくる日のこと。

いつものバーに集まって、みんなは談笑している。最近では、店の前に不審車が停まっているが、気にするものはだれもいない。

突然、勢いよくドアが開くと、いかにも遊んでいそうな浅黒い肌の男が飛びこんできた。ここに普段集まる面子ではない。

「槍を、胸に」

息を切らしながら、男はつぶやく。

「まあ座れ」

昇にうながされて、男はカウンターに座る。隣は浦目だった。その男は、ひと目でブランドものだとわかるジャケットを羽織っており、目立つバックルをしていた。歯にも、ダイヤの埋めこまれた金のつけ歯をしている。

海にはそれがだれなのかわからなかったが、だれかの下についていて、それもけっこうな稼ぎ頭であることはわかった。

「なにか飲むか？」

「水を」

水滴のついた、未開封のミネラルウォーターがカウンターに置かれる。息を切らしているその男は、ふたを開けてひと口含むと、せきを切ったように話し出した。

「やられた！　ブツを盗まれた！　黒い日本車に乗った白人の四人組だ！　あがりの金も盗られた！　良平と美喜男は病院送りになっちまった！」

海は驚いた。良平、というのは知り合いの名前ではないのか、と頭の隅でだれかが問いかける。普段ならそんな疑念は一蹴してしまえるはずなのに、それができない。いやな悪寒が、津波のように押し寄せる。

「で。のこのこやって来たと？」

「……いや、それは。早く知らせなきゃと思って。……おいおい勘弁してくれ。おれもあばら三本もってかれてるんだ！　なによりおれのダチを！　許せねえ！」

静まりかえった室内。一番端っこの席で、杏はだれにも見られないように、頭を抱えた。それまで流れていた曲が終わって、昇がようやく話し出す。

「わかった。もう帰っていいぞ」

「え、あ、いや。いいんですか？」

「ああ」

もうお前に用はない。そう冷たく突き放す。

「よう兄さん。その指輪ぐらい置いてってくれよ」

がっくりと肩を落とした男に、パソコンから目を離さないビリーが声をかける。カウンターの上に、大きな石の指輪とネックレスが置かれる。そして男は、なにも言わずに出ていった。

海はどうしても、あの男が良平と言っていた人物が、音信不通になっている友人のような気がしてしかたなかった。

「あ、あの、おれ」

「どうした？」

「煙草買ってきます」

海が飛び出す。一歩間違えたら危険極まりない行為だ。しかし、昇にはわかっていた。

「杏」

「……は〜い」

「お前はしばらく減給だ」

「は〜い」

がっくりとうなだれて、杏はそのままつくえに突っ伏した。横目で屋部が笑う。

「ふん。浦目！」

「はい」

「心当たりは？」

「チカーノ（メキシカン）、でしょう、ね」

「行け。今回はお前にも久しぶりに銃を握ってもらわなくてはいけないかもしれん。覚悟してかかれ」

「……はい」

彼なりの配慮なのか、浦目は、店の裏口から出ていった。

「昇ちゃん。ジェーンは？　最近見ないけど」

「お前反省しているのか？」

「はい。すいません」

「……さあな、友人の見舞いだとか言っているが」

「からかいがいのあるひとがいないと、つまんないな〜。ここも」

「ひっひっ。なら武器屋でもからかってやれ。あいつの動きはどうもおかしい」

「それはどういうことですか？」

昇が問いかける。

「すぐに答えを求めるのは、あんたの悪いくせだよ。ひっひっ。そうあせりなさんな」

老獪に笑い、屋部も裏口から出ていく。杏も、なにも言わずにその場をあとにした。

なにに腹が立つのかわからないまま、昇は安ウィスキーの瓶を叩き割った。自分のつくった帝国なのに、一番自分の居心地が悪かった。床からただよってくるアルコールのにおいを無視して、昇は店の受話器をとって、慣れた手つきで番号を押した。

「もしもし。おれだ。今日はそっちに帰るからな。ああ。じゃあな」

そしてその電話の相手が、過呼吸に陥った自分を救ってくれる安息の地であることにも、昇は違和感を覚えざるをえなかった。


「待ってください！」

今にも繁華街に出そうだというところで、海はやっとその男を捕まえた。男は振り返って——暗闇ではわからなかった——あざだらけの顔で笑った。

「なんの用で？」

息を整えてから、海は尋ねた。

「良平ってやつ、もしかして小録って名字じゃないですか？」

「そうとも、あんたの同級生の良平だ」

鳩が豆鉄砲をくらったような顔で、海は顔を上げる。なぜこの男がおれのことを知っているんだ。なぜ良平がいつの間に巻きこまれているんだ。排水溝から上ってくる吐しゃ物のような香りが、海の気分をより悪くさせる。

「なんでそのことを知っているんだ、って顔だな。この世界に深く足を突っこんでいる若いやつらで、あんたのことを知らないほうがめずらしいぜ」

「え」

「何でも屋、だろ？　ま、おれも詳しくなにしてるかは知らねえが、うわさじゃそうとうあくどい人間だって話だぜ。やれ億稼ぐ運び屋だとか、やれヒットマンだとか、やれ指名手配犯だとか。良平もあんたから電話がかかってくるたびに怯えていたぜ」

ネオンを背に、男がそう告げる。海はなにがなんだかわからずに、なにを言うか思いつかずその場に立ちすくんだ。男はすこし引いたような顔で、抜け殻になった海を見ていた。

「それで、良平になにか用か？」

「あ、ああ。あー、大丈夫、なのか？」

「右足骨折ってとこだな。命に別状はないぜ。ただ歩けないってことと、外に出ることに怯えてるって感じだからよ。おれがしかたなく来たってわけだ」

簡単な取引しかしていないはずなのに、なぜ自分はここまで深いところにいるのだろう。かつがれている。――だれに。わからない。――どうして。知るか。海の頭の中で思考がめぐる。ぐるぐるぐるぐるぐるぐる思考がめぐる。

「あのよー、もう行っていいかい？」

「あ、ああ」

「はあ、おれが生きていたら、また会えるかもな。そんじゃ」

そう言って男はひとごみに消える。とり残されて、海は周囲を見渡した。黒服と目があう。ドレスを着たキャバ嬢ふたりが、こちらを見て笑っている。野暮ったいお宅のような服装なのに、ぶっ飛んだ目の男が、反対側の道を通り過ぎる。アンテナを張った車両が、なんども行きかう。もう、すべてのものが、彼には恐ろしく見えた。

しかし、彼は臆病なのに度胸があった。そのまま繁華街を、目があった人間を殺すような目で徘徊する。彼が歩く場所に道ができる。パトロール中の警察官も、見て見ないふりだ。いつの間にか、うわさが本当になっている。そして、怯えた彼自身の行動で、うわさが本当になっていく。彼はもう、裏返る寸前だった。街の電飾が多くなっていくほどに、星の数が減っていることを、だれも知らない。

朝、目が覚める。外はもう夜だった。ベルの鳴る五分前。浦目は手をのばして、目覚まし時計を止める。

覚えているのは、鉄の焼けるにおい。昨夜のことは、ほとんど霧がかった幻影のようなもの。それでも、自らの腕に刻まれた真新しい十字が、なにがあったのかを教えてくれる。脳のフィルターとはすばらしいものだ。彼は思う。いらない情報を排除してくれるから。

横で寝ている杏に、なにも告げずに家を出る。彼女は家の中で軽口はほとんど叩かない。ぼーっとテレビを見て、サプリメントを飲み、健康補助食品をかじる。その姿を見ても、浦目はなんとも思わない。そんな人間のそばになぜ彼女がいたがるのか、彼にはわからなかった。家の前で律儀に待っている車に頭を下げて、ドライバーの運転する車に乗りこむ。

「じゃあ、おれは別働隊だから」

そう言って、ドライバーは浦目をバーの前におろして行ってしまった。髪が腰まである男が、店の前に立っている。最近は蚊がうるさいので、警備員がわりというわけだ。軽く会釈して、やけに音の響く階段を下りる。彼は合鍵で中に入り、後ろ手に閉めた。

「来たか」

昇がそう言うと同時に、浦目は不機嫌そうに真っ赤に染まった金色の、ダイヤがついた歯をポケットから出して乱雑に置いた。

「ごくろう」

それから店内にだれもいないことを確認して、一番後ろのソファ席にこしかけて、自分で巻いたブラントに火をつけた。

「なにか飲むか？」

浦目は応えない。未だに癒えない五つの十字が彼の腕を痛めつける。もう、からだに傷のない箇所なんてなかった。

そのとき、扉が開いた。以前にもまして、濃くなった鋭い目つき。伸びた背筋。異様なオーラをまとった板良敷が、やってきた。後ろには、黒服がついている。

「お久しぶりです」

「ああ」

「今日は老から親書をあずかりましたので、お届けにあがりました」

「まあ座れ。なにか飲むか？」

「お飲みものはけっこうです」

そう言いきって、板良敷はカウンター席に座った。浦目を一瞥したが、なにも言わなかった。

黒服は彼の後ろに立ったまま、座ろうとはしない。

「老から手紙とはおれも落ちぶれたものだな」

さも嬉しそうに、昇が言う。

「あなたは危険すぎる」

ばっさりと、日本刀で切り落としたかのように板良敷が言う。この男が、これほど攻撃的な態度に出るのはめずらしいことだった。

「やはりわたしには、あなたのしていることがその〈永遠平和〉という大義名分にそっているとは、どうしても思えない」

「ほう」

「あなたは革命を訴えていますが、それが本当に可能だと思っているのでしょうか。いいですか、種を植えて芽が出るのはすぐですが、成木となるには多くの時間と苦労を費やします」

「ふむ」

「もしあなたが本当にこの島を救おうとしても、たとえば——あの〈隠された地〉が幹だとするならばその成木を掘り返すようなものです。そして、その根の上にわたしたちは暮らしている。あなたがしようとしていることは、国家を転覆させることと同じです」

「しかし。破壊なくして再生はあり得ない」

「しかし、破壊したからといって、かならず再生するとは限らない。彼らが動き出しています。暴力ではもうどうにもならないところまできているのです。政治に任せるしかありません」

ふたりの討論に聞き耳を立てつつ、浦目はやすりで爪を研ぐ。もう研ぐことが不可能だろうと思われるほどに深爪していても、彼は研ぐ。

「考え直してはいただけませんか。共存は不可能ですか。生存競争なんて世界中どこでも起きているじゃないですか。折り合いはつきませんか。苦労して先人たちが守ってきたものや、つくってきたものを壊してまで、子どもたちの笑顔を殺してまで革命が必要ですか。そこまでして、本来人間関係においてありえない平和という状態が必要であるとお考えですか。老の手紙の内容についてわたしは知りませんが、あなたがこのまま暴走して革命が起きたとしても、その平和というものに近づくのでしょうか。とてもじゃないが、わたしにはそうは思えない。兵士が年間何人のひとを救護して人命が救われているか、ご存知ですか。彼らが年間何件の消防活動に参加しているかご存知ですか。軍病院の移転によって、わたしたちも彼らの持つ最新の医療設備を使えるようになる可能性をご存知ですか。それすらも、あなたにとっては彼らのプロパガンダに過ぎませんか」

「……」

「すみません。言葉が過ぎました。今日は失礼させていただきます」

そう言うと、彼は大きな禍根を残したまま早足で去っていった。靴音が遠く離れて、浦目がつぶやいた。

「守り人、ですか」

「ああ」

「いよいよ、極、まって、きま、したね」

手の震えがおさまらない。怯えているわけではない。武者震いでもない。禁断症状でもない。ただ、手の震えがおさまらない。昇は顔面蒼白で、裏口へと消えていった。

そして、浦目は思う。政治結社の〈賢人会議〉や島の文化の保存を担う〈八社の守り人〉が出てくるのなら、答えはとうに決まっているのだろう、と。普段なら涼しい室内が、やけに冷たく感じた。


かつてはきれいな白色だったのだろう、くすんだアパートの扉を開ける。海の想像通り、空は玄関にいた。うずくまって、寝息を立てている。時計を見ると、もう三時過ぎだった。それが自分のことを待っていたからだということは、海にもわかっていた。けれど、彼女を起こすと彼女は嬉々として今日あったことを話し出す。もしくは、まったく起きずに、海が彼女をベッドに運ぶことになる。もう今すぐにでもふとんに潜りこみたい彼にとっては、彼女の存在がどうもわずらわしく感じられた。

「空！」

からだが動いて、彼女のうっすらと目が開く。しかし、海の姿を確認すると、嬉しそうに微笑んで、ふたたび眠りの世界に落ちてしまった。

「こら！　起きろ！」

叩き起こしたい衝動を抑えて、頬を軽くつねる。ようやく空は、とてもゆっくりとした動作で起きた。大きなあくびをひとつして、細い目であたりを見渡す。

「あ。うーみ」

「寝るならベッドで寝ろ」

「ただいまは？」

「……ただいま」

ため息をつくように、彼はやれやれといった表情で彼女の要求に応えた。満足そうに、空は「おかえり」と言って、散らばった画材道具を片づける。

はあ。こんどは本当にため息をついて、海は鞄を下ろすとそのままの服装でベッドに横になる。

考えるのは――、もちろん、街のうわさについて。今思えば、たしかに簡単な取引しかしていないが、必ず麻里がそばにいて、わざわざ目立つ場所で行っていた。出所のわからないような、黒い外車で。今までなんの問題も起きていなかったのは、それだけ昇の影響力が強いのだと彼は思っていた。うかれていた。天狗になっていた。きっと、近所のコンビニで金を払わずに菓子やジュースを飲み食いしても、だれも注意しないだろう。それは、愉快なことではない。なにか事件が起こったら、責任を取らされるのは油断していた下の人間ではなく、矢面に立って張っていた人間なのだ。それぐらい、海にもわかっていた。わかっているからこそ――、盤石と思っていた体制に傷が入ったことを恐れていた。自分にもそのしわ寄せがくるのではないかと。

「うーみ？」

しかし、彼にはほかの人間を蹴落としてまでこの世界で生き残ろうという気は、さらさらなかった。この商売は出口のない迷路のようなもので、終着点はない。いや、死というゴールならある。それでも、海は自分の下の人間や、ほかのメンバーを裏切ることは考えられなかった。落とし穴を掘るものは、いつかその穴に自分が埋められることになるのだから。死、というものについては、あまり考えないようにした。どうしても、道連れになってしまう人間がいるから。

「うーみ」

「え、あ、ごめん」

「きょうね。あめふったでしょ」

「あ、そう言えば夕立があったような。そういえば、洗濯もの、入れといてくれた？」

「……」

空はぬいぐるみに顔を半分うずめたまま、首を横に振った。その瞬間に、海は鬼のような形相で立ち上がり、出窓むかった。

「うわ！　びしょぬれだ！　どうすんのこれ！」

「……ごめんなさい」

「雨が降ったら洗濯物は中に入れるって言っただろ！」

「……ごめんなさい。でもでも。の一とにかいてなかったから。まちがったらう一みおこるから」

「………おれが悪いのか？」

ほんの数か月前なら、絶対にしないような鬼面で、海が空に詰めよる。悪魔しかいない世界にいては、いつの間にか、気がつかないうちに彼も染まりつつあった。

「ちがう！　そらがわるい！　ごめんなさい！　そらがいけないんだもん。そらはいちどでいったことをおぼえないから。そらがじぶんでわからないから。ごめんなさい。おこらないで。ね。つぎからちゃんとやるから」

その謝罪の言葉も、彼には皮肉にしか聞こえない。この少女は、わざとなにも知らないふりをしておれを困らせて楽しんでいるんじゃないか。それでいて、自分で働くのが嫌だからおれに稼がせているにちがいない。そんなことない。彼女とは昔からの中じゃないか。そんな子じゃないってことぐらいわかるだろう。しかし年月はひとをかえる。君みたいにね。うるさい。とにかく、こんな女の面倒を見るのはまっぴらごめんだ。そんな！　見捨てるのか。違う！

「……ごめんで。う一み。ぞらね。うまぐいえないんだけどね。う一みのごとずきだよ。だからね。……ごめんね」

ぽろぽろと、涙を流しながら、空が言う。その瞬間に、海は自分の中にいる凶暴な裏側の自分が鎖で縛りつけられるのを感じた。同時にその言葉は、一生自分をそこに縛りつけるような呪いにも感じた。錆びついた感情が、全身に食いこんで、痛めつける。もう、海は彼女を抱きしめる以外に、自分を救う方法を知らなかった。

彼女を汚したくないといって押さえつけていた欲望は偽善で、今の一糸まとわぬ感情こそが彼女への想いだと、海は気づいた。一歩間違えたら、殺意にもかわりかねないその気持ちに名前をつけることなど、だれにもできなかった。

一本の槍

冬になった。本来ならば海は高校生で、進路を決める、もしくは決まっている時期なのだが、彼にはそんなことは関係なかった。「もっとでかく稼ぎたい」と昇に申し出たのには、わけがあった。そう、空とふたりで、この島を出るつもりだったのだ。

「なぜだ？」

当然、昇は理由について尋ねる。海は、最初から用意していた答えを返した。

「彼女を、絵の学校に通わせたいんです」

うそではなかった。身の回りのことも自分でできない彼女が生きていくには、自分が世話をするほかなかった。それに追われていては、そのうちに自分が壊れてしまうと感じていた。だから、彼女の可能性にかけようと思っていた。しかし、好きなひとを言い訳に使ったようで、彼の心は罪悪感で一杯になる。

「そうか。じつは麻里も似たようなことを言っていてな。ちょうどよかった。お前たちにはそのままふたりで行動してもらう。ただ。今までの仕事とはすこしやりかたが違うから注視しろ」

ジンをジンジャエールで割ったカクテルが、目の前に出される。なにかを決意するかのような面持ちで、海はそれを一息に飲み干した。強いアルコールが、焼けるような冷たさで食道を通っていった。


海と、麻里。基本的には、連絡事項しか話すことのないふたり。夏の終わりに別れて、夏の終わりに出会った。私的に遊びに行くこともなく、目標を話したこともない。しかし、ただの職場仲間、と片づけるにはいささかいびつな関係性であった。

「なに見てるの？」

運転席から視線だけずらして、麻里が尋ねた。そこでようやく海は、じっと彼女を見ていたことに気がつく。

「あ、いや。……麻里はさ、どうして稼ぎたいの？」

「愚問ね。苦労して生きるなんてまっぴらなの」

まるでその言い回しは杏のようだ。海は思った。彼女たちは、ベクトル方向、つまり感情の表出のしかたが違うだけで、じつのところ似たもの同士であった。似たような資質を持っていても、育った環境、経験によって内向的なのか外向的なのかはかわる。それでも、どちらにも冷たい印象を海は抱いていた。氷のような女と、冷水のような女。

「あなたは？」

「え」

「あなたは、これからどうしようと考えているの？」

車は国道から東海岸へ抜ける、両側がフェンスで挟まれた一本道に出た。いちおう歩道はあるが、歩いているひとはいない。ゴルフコース横の道に入ると、天井にネットが架かっていて、薄暗い青に包まれる。そのままラブホテル街に入って、通り抜けすることのできるホテルの駐車場を通って東側にむかう。意味のあまりない工作だが、しないよりはましだった。オレンジに光る街灯の間隔が、段々と長くなる。

「おれはさ、彼女を絵の学校に通わせたいんだ」

「絵？」

「そう。絵を描くのが彼女は好きでさ、そういうところを出ておいたら、絵に携わる仕事に着けるかもしれないだろ？」

「奨学金とか借りたらいいじゃない」

「いや、もうこんなことになってるから自分がいつどうなるかなんてわかんないし、奨学金っていっても借金だろ？　彼女がひとりになったらどうしようもないからさ。残せるものは、残しておきたいんだよ。ま、できるかぎりそばにいてやるつもりだけどね」

軽口だった。彼は稼ぐだけ稼いだら、空とこの街を出るつもりなのだから。

「……そう」

しかし、麻里にはそれが彼の本音に思えた。ひとを思いやっては自分を傷つける彼ならではの回答だ。しかしその傷の深さに彼は溺れて、自分のいる場所を見失っているようだった。深さばかりに気をとられてその広さに気づいていない。麻里はそんな印象を受けた。

「おれは海だ。光を放つことはない。けれど彼女は違う。彼女ならみんなを照らす太陽になれる。酔狂だとか狂人とか言われたっていい。おれは彼女を太陽にしてやりたい」

「……この世には、日光を浴びては生きられないひともいるのよ。それに、彼女が本当にそれを望んでいるのかしら」

麻里の言葉に、海は黙りこくった。自分勝手な理想に、気がついてしまったから。空は、学校に通いたいと言っていたことはある。絵の勉強ができるなんていったら、大喜びするだろう。しかし、彼女はそれを売りものにしたいと思っているのか、それで食っていきたいと思っているのかを、海は知らない。そして愕然とする。学歴もブレーキも失った自分に。空が自分に依存しているのではない。自分が空にすがっているのだ。それに気づいたとき、彼の世界にふたつとない手のひらは、あまりにもきれい過ぎた。

「……ごめんなさい。別に嫌みのつもりじゃないの。あなたたちには、いっしょにいてほしい。

なぜかはわからないけど、そう思うの。だから――、そうね、気を抜かないようにやろう」

「……ああ」

ウインカーの一定のリズムがふたりに教える。もう、時間はそれほどないぞ、と。だれが書いたのかわからない筋書きの上を、自分たちは走っていく。人生は、それだけのものでしかないように、麻里には思えた。


用事で昇が屋部と出ていき、バーには浦目とビリーだけが残っていた。ふたりきりになることは、そう珍しいことではない。

「つまりあの映画はなにが言いたかったかというと、銀河共和国の大統領は自分が操っている外国を、まるで悪のように人民に仕立てあげて伝え、それを口実に戦争をはじめるってところが一番のポイントだったんじゃないかな。そして、物語の中で彼らはその軍事力を持って銀河系をファシズムの帝国にする。実際の結末だよね。エピソード1はクソだったけど、2は政治的観点が強かったから、面白く思ったよ」

四つのうちひとつ、南米の血が混ざっているサイコ・ビリーというあだ名のこの男は、どこまでも過激派であった。そして、局面を――偏向的にだが見る目があり、昇の思想の一端を増幅させている張本人でもあった。

「国連を無視して戦争をしているのはどっちだって話なんだけどさ。それにしても彼らのプランはどこまで書かれているんだろうね。もしかしてぼくらがここにいることすら彼らの陰謀なのかもしれない。考え過ぎだよね。わかっているよ。ぼくが反アメリカでラジカルでヒッピーでアカの思想にのめりこんでいるってことはさ。けれど〝みんなが言っている〟は知ったかぶりだろ。〝匿名の情報〟はでっちあげだろ。なにを信じればいいのさ。大統領の一族からクラックで逮捕者が出ただろう。けれど彼は麻薬中毒者には治療より投獄を、と訴えていたはずだ。やっぱり閣下と大統領は違う。すくなくとも閣下は、民主的に選ばれたからね。おっと。これ以上喋るとやばそうだ。ここも監視されているかもしれないからね。とにかくクローン論議についてはどうしようもないとだけ言っておこう。今喋ったことは、たしかに根も葉もない陰謀論だけど、気になるところだよね。そうだ、兄貴。シニカルなあんたに前から聞きたかったことがある。君が大統領に、――いや首相でもいい。なれたらなにをする？」

「就任式、の前に、暗殺されて、か？」

「……ジョンの〈ギブ・ピース・ア・チャンス〉でも聞くかい？　それともボブの〈ワン・ラヴ〉のほうがいいかな」

そう言って、ビリーはかつての名曲をパソコンから流しはじめた。それから彼は、かじりつくようにインターネットの世界に潜りこんでは、テレビから得る情報と新聞とを見比べていた。それすらも上澄みに過ぎないことを知りながら。

海は海岸線沿いのコンビニに立ちよった。男子用便所に入り、あたりを見渡す。すると、便座の裏にそれは張ってあった。アルファベットが三文字だけ書かれた、ゴシック体のステッカー。知らないひとが見れば、それはグラフティライターのタグか、ただのいたずらに見える。しかしそれを、海はしっかりとメモ帳に記して、瓶ビールを一本買って外に出た。

「どう？」

海が車に乗りこむと、麻里が尋ねてきた。海はボールペンで頭をかきながら、うなった。

「うーん。だいたいの場所はわかったけど」

「そう。じゃあ次ね。次はたしか」

そこまで言って、言葉のつづきはなく、麻里は車を発進させた。車体が大きいので、後輪が縁石につまずいてがくんと揺れる。「ごめん」ちいさい声で麻里が言った。彼には聞こえなかった。今日はいつもの外車ではない。黒い日本車だった。

ふたりは、ドライブをしていた。内容は生易しいものではない。アナグラムになった各箇所に集められた言葉と数字を組み替えて、指定された場所にむかうという難事だ。その慎重さから、ことの重大さがうかがえる。そして、あの店自体も危険信号がともっているということだ。はじめから携帯電話や電波を発信する機器の持ちこみは禁止で、仲間との連絡も待ち合わせや公衆電話の使用、手紙やメモなど多岐にわたる。しかし、これほどの念の入れようはふたりにも未知の体験だった。この島全体の各箇所に赴いては情報を集めて、自ら探し出さなくてはならない。まるで探偵だ。海は思った。

「今回の報酬、いくらだって？」

「五本」

「わお……」

その数字に、海がちいさく驚く。そりゃあこんな仕事をしていたらあの良平がついていた男のように、ブランドものに身を包めるわけだな。彼は嘆息した。暗い夜道で、電柱が車のライトに照らされる。

「ピンク？」

「ああ、そこのピンクの電柱を右らしい」

麻里が驚く。

「え」

「いや、わたしにはオレンジに見えたから」

「え、うそ」

「ま、よくあることよ。他人と同じ風景が見えることなんてありえないもの」

フォローの言葉も、海には重たい。最近では働きづめで、ろくに食うことも寝ることもできていなかったから。自分のからだに異変が起きているのではないか。そんな疑念がついて回る。そして―京子の苦労が、身に染みるようだった。空という人間を抱えてはじめて、ひとを守ることのむずかしさを、彼は感じていた。

「その曲、止めてもらえないか？」

「別にいいけど。ラジオにする？」

「音はなくていい」

それから、ふたりは黙りこくったまま、車を走らせる。山奥に進むと、風が強くなり、まるで木々がふたりを囃し立てているようだ。来るな。来るな。と。しかし、海の頭に浮かぶのは、さっさと仕事を終わらせて――できることなら――空といっしょに朝食を食べたいということで一杯であった。

流れていた曲はシャカゾンビの〈空を取り戻した日〉だった。

山の中にある、とてもひとが暮らしているようには見えない二階建ての一軒家。そこが屋部の診療所であった。かつては名医で、医師免許をはく奪された、とか。じつは軍病院で働いていた、とか。信憑性のないうわさが飛び交うが腕はたしかなようで、わけありの患者が絶えずやってくる。

「その絵ってなんですか」

無精ひげを生やした良平が尋ねる。その壁にかかっている絵は、半円がふたつ描かれていて、それでひとつの円になっているようだった。トライバルとも和柄とも言えないその絵は、人体模型の横にはたしかに不釣り合いだった。

「ひっひっ。刺青の下絵さ。久しぶりに描きたくなってな。しかし面白いのは、これを描いているときに絵を描いていないと生きていけない女の子の話を聞いたのさ。きっとこれは特別な絵なんだろうね。彼女にひきつけられて描かされたものだよ。ひっひっ」

「えっ！　ここ刺青も掘るんですか？」

「気がむいたらね。ひぃーっひっひっ」

「教えてください」

顔に一生消えない傷を負った良平は、深々と頭を下げた。髭までドレッドにしている屋部は、そのあごをさすりながら、普段は決して見せないような目つきで良平を見据えた。彼はもう一度頭を下げた。

「お願いします」

「まずは、絵心がわからんといかんよ」

笑いながら、屋部は薬品や書類を保管するようなロッカーから、スケッチブックと色鉛筆を取りだした。

「なんでもいい。描いてみることだ」

屋部は嬉しかった。彼にとって、唯一の楽しみは、若い情熱に触れることだったから。そして、男がもし大成するなら、看板をもうひとつ増やさなければならないな、と彼は考えていた。


ふたりだけの国――。ふたりだけの世界。そこにいては、海は癒されるときもあれば、怒れるときもあった。けれど、その日は陽だまりの中。〈今日は死ぬのにもってこいの日〉という気持ちがわかる気がした。しかし、彼はまだ若い。

「空」

「んー？」

今咲いた花のような笑顔。自分が落ちついているときは、空はいつもとかわりない。それもそうだ、彼女は太陽なのだから。雲をかけたり、雨を降らせたりしているのは――自分だ。海はそう思った。

「楽しそうだね」

「うん。きょうはね。うーみがずっといてくれるからうれしい。そらね。たくさんうーみのえかいた」

「空」

「なーに？」

「島を出よう」

そのとたん、空はくちびるを隠して、首をかしげた。意味がわからない、という感じではなく、どうして、と尋ねる行動だった。それは、彼にしか読み取れない。

「都会に行こう。そこでさ、今みたいにアパート借りてふたりで暮らすんだ。それで、空の描いた絵を本にしてもらおう。もしそれで生活できたら、空は一生絵を描いて暮らせるし、おれも空のそばにずっといてやれる。な。いいだろ？」

理想論に過ぎない。けれど、彼の中にある選択肢としては、一番堅気なものであることには、違いなかった。

「いま？」

「今すぐってわけじゃない。準備とか下調べとかいろいろあるからさ。出版社が多いとなると――東京とかになるかな。いろんなものがあって、いろんなひとがいて、きっと楽しいぞ」

空は目をふせて、色鉛筆を下唇に当てるようにして、なにか考えている。海は待った。空がなにを考えているのか、彼にはわからない。彼女は返事に時間がかかることがよくあった。十分前に質問をして、聞こえなかったかと決めつけていると回答がやってくる。そういうことが、暮らしはじめてから何度かあって、海はすっかり慣れていた。それも、彼女の個性だ、と。

「いや」

すっぱりと、空は言った。角材で後ろから殴られたような衝撃が、海に走る。今までふたりで生きてきて、空が自分に〈ノー〉を告げるのがはじめてだったから。

「どうして？」

「とかいっていったことある。たくさんのひかり。きれい。ひとおおい。たのしい」

「それなら」

「でもひかりつらい。ひとこわい。そらここがいい。きがいっぱいそらひろいうみがある。みんなきれいでやさしい。めをとじる。そうするとね。むねのここのところがあったかーくなっていきをするのもたいへん。でもね。うーみのことぐらいここがすき」

彼女なりの、精いっぱいの回答。まっすぐにその黒い瞳を相手にぶつける。最後の一行に、海は負けて、目をそらした。それが、彼女を傷つけているとは知らずに。

「わかったよ」

「そら。わがまま。ごめんね」

「いいよ。べつに」

そう言って、海は彼女の頭を撫でた。まるで子どものようにはしゃぐ少女。その白い腕の真新しいひっかき傷は、ふたりがもう、まともとはかけ離れていることをあらわす象徴だった。

だれも知らない昇の家は、なんてことはない普通のマンションだ。いちおうオートロックつきではあるが、それがなんの意味も持たないことを、彼は身を持って知っていた。

「おかえり」

台所でエプロンなんてしてすっかり所帯じみた京子が、声をかける。昇は絶対に「ただいま」とは言わない。それはなぜか。そもそも彼女を他の勢力から——つまり借金元から——守るために呼びよせたのであって、決して彼女を家人とは思っていないのだ。居候あつかい、ということだろう。しかし、まるで通い妻のように律儀に実家とマンションを行き来する彼女を、いたわる気持ちが昇にもないこともなかった。

「みやげだ」

彼が手に持っているのは、高級銘菓だった。

「ああ。テーブルに置いといて。ごはん、食べるでしょ？」

「シャワー浴びてからな」

「はいはい」

たくあんを切る。包丁を持つ手は止まらないが、枯れたはずの涙がこぼれ落ちた。突然——海のことが思い出されたのだ。彼女にとって彼こそが柱だった。家を空ける父親。ちからのない自分。その中にあって、彼のその笑顔にどれだけ救われただろう。そう思うと、瞳からしずくがこぼれ落ちる。

「なんだよ、今さら」

やはり京子にとって、空は海を連れ去った悪魔の使いに思えた。いや、天使でも彼女にとっては同じ。自分の大切なものを奪われた感覚が、恨みのように脳の隅に鎮座する。ふと、台所に置かれたちいさな鏡に目がとまる。鬼のようなしわが増えた自分を見て、自嘲する。

「どっちに転んでも、一緒だよな」

ふいに背中が痛んで、めまいとともに、彼女はその場にうずくまった。ちいさいころの——忘れたい思い出がうずく。もう十数年も前の話なのに、痛むはずがないのに、痛い。京子はふるえる手で、コンロの火を消した。とおくでシャワーの音がする。めまいの中、思い出すのは、あたたかい母の手のひら。あの男の暴力。そして自分が本当の父親だと思っているひとの——屈託のない笑顔。そして彼。そして——。

「……いや」

ふるえた声も、その渇きをより深くするだけだった。のどの奥が辛くなって、たまらず彼女は冷蔵庫から缶ビールを取りだした。感覚がにぶくなれば、痛みもゆるむから。

今日も、寂しさを埋めるためだけに、彼女は彼の寝室で寝るのだ。今日も、寂しさを埋めるためだけに、彼女は彼にからだをゆだねるのだ。いや、寂しさを埋めるためだけではない。それをもう、彼女もどうしようもないぐらい理解していた。今日に限って、思い出の深い豚汁をつくった自分を、彼女は恨んでいた。懐かしいにおいがただよう。

荷物をまとめて、空に声をかける。

「いってきます」

「いってらっしゃーい」

階段を下りると、重低音を響かせた軽自動車が停まっている。そのとき、海の頭の中でぱちん、と音を立ててスイッチが入った。近寄って、窓をノックする。

「はい？」

金髪の若い男だった。若いとはいっても、もちろん海より年上である。海はなにも言わず、その男を殴りつけた。驚く男をしり目に、海が吐き捨てる。

「うるさいんでやめてもらえますか」

狂っている態度に丁寧語は、歳や見た目を越えて、相手を威圧するには充分だった。

「は、はい。すい、すいません」

言われて、男がボリュームを下げる。そのときちょうどよく黒い外車が現れた。

「なにか、もめてたんですかい？」

「いえ。たいしたことないですよ」

「そうですか」

「ドライバーさんの予定は？」

「集金ですよ。そろそろだれか代替わりしてほしいんですけどね。武器屋あたりにでもやらせますか」

「逆に巻き上げられそうですね」

　ふたりは笑いあった。腹の探り合い。駆け引き。空が海の申し出を拒否したことによって、彼の持つ雰囲気がまたひとつかわったのを、ドライバーである彼も、気づいていた。

　金。絆。鏡。欲望。水。仲間。灰色。ちから。男。女。階段。肉。崖。薬。虫。暗闇。血。光。そしてこの世界ではあたり前の裏切り。迷路の塀を乗り越えられず、また迷路の中をさまよう。実験で使われるモルモットの気分で、しかし海は愛想笑いをかえした。


　本気で〈極道世渡《サグライフ》〉を目指しはじめた海は、さしあたって、どうしても相談したい相手がいた。人気のないバー、一番奥のソファ席に、その男は座っていた。

「浦目さん。ここ、いいですか？」

　視線すら上げずに、浦目はうなずいた。バンクーバー・シットをはさみで刻んでいるところだったが、その手を止めて、海を見据えた。そのまま相手を突き殺せそうな大きなはさみには、血がついている。それは、浦目自身のものだった。

　海は驚く。はじめて会ったときはなんともなく隣に普通に座っていたのに、正面を切るとまるで鋭利な刃物を常にのど元に突きつけられているような感覚に襲われた。手のひらが嫌な汗をかき、足の指先が冷たくなる。ごくり、と海ののどが渇いて鳴った。

「なんの、用、だ?」

「あ、あのですね」

このひとに隠し事はできない。そう直感的に悟った海は、空とのやりとりをすべて話した。足抜けしようとして、やめたことも。そして問いただした。年齢不詳ではあるが、この業界で一番長く息を吸っていそうなこの男に、どうやって生きていけばいいのかを。

浦目は思う。それを自分に話した時点で、彼は自分が下だと表明していることと同じなのではないかと。そして、そんなこの世界に不似合いな正直さにあの少女を思い浮かべた。

「似たもの、どうし、というわけ、か」

ぼそりとつぶやかれたので、海は裏目に対して耳をむける。浦目は、その耳にはさみを突き立てるビジョンを振り払うように、こう言った。

「どう、生きればいいのか、それは、おれもわからない。ただ、おれの、ようにならない方法は、教えられる」

「なんでしょうか」

「……まず、銃は、持つな。これは、前にも言ったな」

「はい」

海は、一心に相手の言葉に耳を傾ける。浦目は、相手があの少女の意中の人間でなければ、蹴飛ばしたい衝動を抑えながらつづけた。

「槍になれ」

「は」

「……一本の、重い」

ぽかんと口を開けたままの海を無視して、彼はつづける。テーブルの下で、自分の脈をはかりながら。BPMは一〇〇といったところだった。

「今は、まだ、太い木の枝を削りだしたに、過ぎない。身を、粉にして。お前はその棒きれ一本で、立ち向かうと、言っているんだ。石を探せ。決して折れない、屈強な意志を。そして、その槍を信念としろ」

「はあ」

「……もし、お前が本物に、なりたいのなら、その槍を持つこと、だ。そして、生死を感じさせる、その切っ先を、投げつけることもせず。投げ捨てることもせず。ましてや、だれかを、守るために、振りかざすこともせず、太陽のもとに立て。むき合え。目を、そらすな。そうすれば、おのずと景色がかわる」

「周囲の環境がかわるということですか？」

「違う」

それだけ言うと、浦目はもとの作業にもどった。もし彼がその意志を見つけても、暴力に使うのならそれまでだと思ったから。それは、他人に教えてもらうものではなく、楽に見つかるものでもない。それは多大な労苦の先に存在する尊いちからであって、自分で見つけなくてはいけないものだと、浦目はそう思っていた。そして、彼の開かれざる回答はこうだった。

——かわるのは、周囲ではなく、自分だ。

浦目は、すこし彼を憎く思っていた。まるで写し鏡のように自分でありながら、太陽がそばにいることの差異が、すこしだけ、本当にすこしだけ、うらやましく思っていた。

靴磨きの少年と花売りの少女

事件は、唐突に起こる。

「みんな集まったな」

しかし、顔ぶれがひとつ足りない。

「武器屋が上がりを持って逃げた。恐らくはもう高跳びしているか。まだ本島内に潜んでいるだろう」

いつもおどおどして、たどたどしく喋る彼が、本来なら納めなくてはならない金を奪って逃げたのだ。唯一彼に好青年のような印象を抱いていた海は、驚愕した。ひとつのほつれから、服がほどけていくように、もう彼らと言う集団は盤石とは言い難かった。

「もし見つけたらおれの前に引きずり出せ。みせしめにしてやる。いいな！　それはお前らも同じだ！　それぞれの見据えている目の高さは違うかもしれん！　しかし！　革命なくしてそれは手には入らない！　やつのいなくなったぶん、血眼になって仕事にあたれ！　いいな！」

かつて決起のときのそれとは違って、その言葉は迫力に欠けていた。頬もこけて、立っているのがやっとのように、浦目には見えた。

「でもさ。昇ちゃんはなにかやってるの？」

杏が口をはさむ。それも、かなりの言動であった。とたんに昇の目の色が落ちつき、左目だけがぎょろりと動いた。

「どういう意味だ？」

「昇ちゃんは、防波堤にすらなってないじゃない。この前うちのかわいこちゃんが〈フリフラ〉ともめたらしいよ。縄張り争いなのかなんなのか知らないけど」

「それがおれの責任だと？」

「いつになったら昇さんが〈賢人会議〉に参加できるようになるの？　もう二年だよ。わたしなんだか疲れちゃった」

軽口の裏に、じつは浦目への配慮がそこにはあった。そのことは、だれも知らない。

「しょうがないよ。今は平行線で行くしかない」

ビリーが言う。事態が飲みこめていない海と、あくまで傍観する麻里、浦目、屋部は沈黙をつづけている。

「武器屋がいなくなったってことは、古見の王が復活するってことでしょ？　そしてわたしたちの収入、縄張りが減る。そうすればあくまで〈第三の勢力〉から抜け出せないままじゃない。〈ウーム〉みたいに民主的にやるのもつまらないし、かといって過激にももう動けない状態でしょ。本当のところは、そろそろこのメンバーから逮捕者が出てもおかしくないんじゃないの？」

昇は応えない。不満そうな表情のまま、杏は時間を見て店をあとにした。気まずい空気が、張りつめた風船のように満ちている。

なにか恐ろしいものでも見るような表情で、海はテーブルの上を見つめていた。別のスイッチが入ってしまったのだ。自然と麻里が隣に腰かけて、以前のように、ちいさい声で言う。

「大丈夫」

それすらも、海には呪縛の言葉にしか聞こえない。壁にかけられた、五つの旗すら、狂気的に見える。すべてに疑心暗鬼になっている彼に、麻里の声は届かない。自分の言葉はなんて無力なのだろう。どうして彼ともっと話をして、関係を深めていかなかったのだろう。いつかやってくる別れが近いことを感じて、麻里はため息をついた。

だれかの海を心配する気持ちが、逆に彼を追い立てていく。なにより、もっとも追いこんでいるのはほかでもない自分なのに、それに気づいているのに、海はもう周りのすべてが信用できなかった。自分もいつの間にか、戦争の犬と化していたことに、ようやく気がついた。戦争というものに溺れ、酔い、踊らされていたことにようやく気がついたのだ。まともに生きてこなかった自分の人生を呪ったとき、ひとりの笑顔が思い浮かんだ。なにもかもに勘ぐった彼には、それが滅びか成就か、それとも安息なのかはわからない。けれど、彼は心のどこかのあくどい部分で、彼女の存在を理由に去ってしまおうと思っていた。それがなにより、彼女に依存している証拠だとわかっていながら。

だれかのグラスの氷が、からん、と音を立てて沈んだ。

だれにも見つからないように店に赴き、みんなが忙しくなる春先に合わせてチケットを購入する。東京行きの航空券。彼女の承諾は得ていない。けれど、確固たる予定をつくって、真に説得すればわかってもらえると、海は心のどこかで考えていた。

「だからさ、もう本当にやばいんだって」

「でも。おばーとはなれたくない」

「おばあさんも連れていったらいい」

ちいさな仏壇のような場所に、ちいさな骨壺と線香立てが置いてある。それには、海が火葬場でこっそりひろった遺骨が入っており、毎年命日や盆には線香をあげていた。

「いや。おばーがすきだったここからそらははなれない。そらはずっとここにいる。まっくろいうみもしかくいそらもきらい。そらはここにいたい」

ぱちん。また、海の頭の中でスイッチが入る、しかも、今まで押さえつけていたぶん、凶暴に。

「あ？」

空の髪をつかんで、へたりこむ空の顔を無理矢理あげる。苦痛にゆがんだ顔を見ても、裏返っている彼にはなんとも思えない。

「うーみ。いたいよー」

「おれはな、お前のために言ってんだ。ずべこべ言わずに言う通りにしろ。じゃなかったら出ていってもらう。もう一度施設に戻れ」

「うー。しせつにはもどりたくない。でもここ。はなれたくない。どうしたらいい？」

「自分で考えろ。頭冷やしてこい。外に散歩でも行け。それで帰ってきたくなかったら、別に帰って来なくていいぞ」

空の目に、大粒の涙が浮かぶ。そして、ふたりの目の前にある二枚の航空券を手に、空はそれを思いっきり引きちぎった。

「いや！　いや！　いや！　いや！」

そして、空は大事なぬいぐるみだけを抱えたまま、家を飛び出してった。時計の秒針。クーラーの室外機。冷蔵庫のモーター。静かになった室内に、そんな無機質な音だけが呼吸する。

「ふん」

海は強がって――強い罪悪感ももちろんあるが――考えないようにして、大麻という悲しみに火をつけた。行く場所がなくて、どうせすぐに帰って来るだろう。そう考えていた。

突然、腹痛に襲われて、海は葉巻をくわえたままトイレに駆けこんで吐いた。そして、数分で気づく。いつもと違う、と。

まず、からだの震えが止まらない。トイレの電球がやけに明るく感じたと思ったら、寒気が襲ってくる。ただ寒いだけじゃない。ベッドまではいずって毛布をかぶる。効果はない。温かい飲みものを飲めば何かかわるかも知れないと、朦朧とした頭でポットに入っていたお湯を、つくえにあったコップにそそぐ。お茶っ葉をとるために立ち上がることは、もうできなかった。

「うーみ?」

空が帰って来た。海は言う。

「助けて助けてたすけてたすけてたすけてそらそらそらそらきゅきゅしゃきゅうきゅうすあきゅうきゅうしゃひゃくしゅうきゅうばんひゃくしゅうきゅうばんでんわでんわきゅうきゅうしゃたすけてたすけてこわいこわいこわいこわいこわいこわいこわいこわいこわいこわいこわいこわいこわいこわい」

空はただ事じゃない様子を感じて、受話器を取る。その間にも、海の目にはアラベスクのようなクリスタルの花が咲き乱れて見える。目の前に川が流れている。いや、川が目の中にながれている。その川越しに、空が受話器の前で迷っているのがわかった。

「うーみ! きゃくじゅうきゅうばんってなんばん?」

目の前にたくさんの透明な花が咲いたり、川が見えたり、蛍光灯がまぶしかったりしていたが、やがて海は耳鳴りと動悸に気がついた。目の前の情報をとりあえず遮断したくて目を閉じる。黄色い世界に、いくつもの赤い稲妻が走っている。そうか、瞳孔が開いているんだ。だから光を多く受けて明かりが花のように見えるし、川に見えるのは自分の目の水分で、赤い稲妻は血管なんだ。そう気づくと、彼の全身をふたたび寒いものが走り抜ける。

空がだれかと電話でしゃべっている。海はもう湯呑を持ち上げることすらできない。一時間は経ったのか、それとも五分も経っていないのか、海にはそれすらわからなかった。

「たすけてたすけてたすけてたすけたそらそらそらそばにいてたすけてこわいこわいこわいしにたくないこわいたすけてそらたすえて。そら。そら。そら」

「だいじょうぶ！　だいじょうぶだから！」

呪文のようにそれだけを繰り返して、空は海を抱きしめた。きつく抱きしめること以外、彼女は彼を落ちつかせる方法を知らなかった。

遠のく意識の中で、海の視界がぶれながら四つに分散する。それは二つの目が同時にいろいろな方向をむいているということだ。過呼吸になっていることに気がついて、海は自己暗示をはじめる。大丈夫。大丈夫。大丈夫。

そのとき、テレビでやっていたアニメから、こんなセリフが聞こえた。『そうして鳥たちは、飛んでいったのです』と。それはまさに今の自分を表しているようで、海の脳裏に深くえぐりこみ、刺青のように深く刻みこまれた。

「海！」

聞き覚えのある声。京子だった。白い指が彼の脈をとる。そしてもう一方の細い腕が、彼の肩を抱く。

「もうちょっとで救急車が来るから、ね」

その細い腕こそ、彼を安らかにさせる場所であった。海はほとんど無意識のさなか、三回ほどその場で嘔吐して、だれかに固いベッドに寝かせられた。白い天井。ゆれ。握られた手。深い深い場所に、彼は引きずりこまれていった。いろいろな思い出や言葉が出てきては消えていく。

ひこうき！
気がつくと　いつも夕暮れだったの
才能がひとつ多いほうが　才能がひとつすくないよりも危険である
愛するひとりのひとも救えないくせに
よく狙えお前はひとりの男を殺すのだ
わたしの人生だから
やっちゃえばいいんだよ
太陽は逃げない

父さんから連絡は
我々は誇り高き太陽の民族だ
遊んでいって
人生は他人のために生きてこそ価値がある
しらないひとみたい
最後の子どもたちよ
なにもおそれるな
今こそ立ち上がるときだ
おちつけ
おまえがおそれるものはおまえをおそれる
気がつくと
いつも夕暮れだったの
くるくるくるくるくるとおもった
もうだれかがいなくなるのはいやなの
目を閉じてごらん君は無限だろう
うーみ
はじめまして

だから戦争はなくならないのだ
嘘つきが人間のはじまりなんだよ
黄昏の街
明日行くところがあるから
うーみ
宇宙を自分のものにするやつもいれば　自分の中に宇宙をつくりだすものもいる
あいたかったー
おてんとさまがみてるんだよー
ひこうき！
気がつくと　いつも夕暮れだったの
槍になれ
ひこうき！
そうして鳥たちは　飛んでいったのです

どこにでもあるような全国チェーンのファミレス。そこでドリンクバーだけをたのんで、美喜男はある男が来るのを待っていた。その腕から肩にかけて、深い爪痕が残されている。

「よう」

現れたのは、良平だった。顔に刺青を入れている。弾痕が、ふたつ。傷を隠す意味もあるのだろう。

「どうしたんだよ、それ」

「この世界から逃げられないように、と思ってさ」

「新しい仕事か？」

「ああ、彫り師になろうと思ってな」

「そうか……」

ウェイターがやってくる。同様に良平もドリンクバーをたのんで、氷一杯のコーラを手に席に戻って来た。

「で、話って？」

「お前には言っておこうと思ってな」

「なんだよかしこまって」

「蘭がな」

「妊娠でもしたのか？」

美喜男はうなずいた。良平は冗談のつもりで言ったので、コップを口に運ぶ動作の途中で固まってしまった。

「知りあいが染めものの職人をやっていてな、後継者がいないらしくて、そこで修行させてもらうことになった」

「まてまて、認知するってことか」

「ああ」

多くの笑い声が飽和した、雑多な店の中でふたりは黙りこくる。美喜男はすっかりぬるくなったコーヒーをすすった。現実は甘くない。

「そうか」

「ああ。いっしょに産婦人科に行ってな、エコー写真を見たらなんだかわからないけど、そうしなくてはいけない気がしたんだ。父親になるって自覚はまだないけどな」

美喜男は笑って、一ミリの煙草を口に運んだ。良平は動揺していたが、目を閉じて考えた結果、こんな言葉を口にした。

「とりあえず、おめでとう。だよな」

「……ありがとう」

「高校は卒業するだろ?」

「ああ、それまではうちの両親に面倒みてもらうよ。むこうは留学生だからな。あいさつに行くのも、ひと苦労さ」

「ご愁傷様」

「ありがとさん」

それから――、すこしだけ沈黙があって、美喜男が厳かに口を開いた。

「金歯の興毅さんと連絡は？」

「とれない」

「心配だな、なんであのひとだけ連れていかれたんだろう」

「さあな。けど、どっかで生きてるんじゃねえか、しぶとくさ」

「そうだな。……それと、今思ったんだけど。とりあえず、お前が本気で今の仕事をがんばりたいってのは伝わってくる」

顔を見ればな、と言いたげな口調であった。

「でもな、あんな事件にも巻きこまれたんだ。もう、ドラッグの関係には手を出さないほうがいいぞ。もちろんおれも、すっぱりとやめるよ」

良平は深くうなずいた。

「わかってるよ。それに――」

「それに？」

「それに、今働いているのは病院だから」

わからない、という表情の美喜男をしり目に、良平は笑った。あとどれだけ、くだらないと思っていた時間が残されているのかを考えると、虚しかったから。

病院の待合室。空は絵を描いていた。そこはちいさいころによく通った小児科ではない。緊張している彼女に、京子が「絵を描いていたら」と言ったのだ。しかし、海のことを思うと空は、はちゃめちゃな絵しか描くことができなかった。色の戦慄。痛みの旋律。京子がトイレに、と席を立ったとき、空の隣に男が座った。かりゆしウェアに、スラックス。革靴を履いている。

「絵、うまいね！」

しわくちゃの笑顔で、彼は空に話しかけた。空は笑顔で振り返ったが、その男の目に、表情がすこしこわばった。

「おじいちゃん。だれ？」

「おじいちゃん！　そうだね。君たちくらいだと、ぼくはおじいちゃんになるのか！」

そう言って、白髪の――もう頭頂部はないに等しい――初老の男は、快活に笑った。敵意がないのを察して、空はすこしだけほっとする。

――こんなめみたことない。おばーよりつよい。

「呼ばれるのを、待ってるの？」

「うーうん。ともだちがね。にゅーいんしてるからきたの。でもきょーこがそらもけんさしときなさいって」

「そうか！　それは大事な友だち？」

「うん」

「どれくらい？」

「うーん。じぶんとおなじくらい」

その男は、やはり歳に似合わない笑い声で、彼女の頭を撫でた。なぜか空は、それを不快には思わなかった。海よりちいさいその手は、とてもあたたかかった。

「じゃあ、大切にしないとな！」

「うん！　そらたいせつにする！」

「はっはっ！　じゃあね！　友だちが早くよくなるといいね！　さようなら！」

そう言って、男は軽い足取りで去っていった。すれ違いざまに京子がやって来る。

「だれ？　知ってるひと？」

「しらない」

「なにか聞かれたり言われたりした？」

「うーん。ともだちがはやくげんきになるといいねって、いってたよ」

「……そう。なんだったのかな」

京子は気づいていなかった。待合室の老人のほとんどが、空を見ていることを。

走馬灯。虹色の光。やがてそれらが遠のき、意識が戻ってくると、海は白い部屋にひとり。自分のうでに針が刺さっていて、くだが伸びている。病院だ。やけに冷静な自分が頭の中でつぶやいた。しかし、なぜここにいるのかはわからない。

そして——、寄りそうようにいすに腰かけたまま、器用に寝ている京子が、より彼の思考回路を乱す。しかし気がつく、大事なものに。

「空！」

海の声で京子は飛び起きた。そして、今にも飛び出しそうな海を押さえつける。

「落ちつけ！　大丈夫だから！」

「空、空は？」

「今、うちの実家にいる」

海が錯乱しているので、二年ぶりの再会は感動のものとはいかなかった。とりあえず安心した海は横になって、それから全身の気だるさを感じた。

「おれどうしてここにいるの？　京子さんがどうしてここにいるの？」

「あわてるなってのに。あんたはね、マリファナ吸って倒れたんだよ。医者は過労だろうって言ってたけどさ。あと、いちおう私立の病院にしておいたから。守秘義務ってのがどこまで信用できるかはおいといても、そっちがいいだろ？」

「なんで、ドラッグのこと……」

あきれた表情で、京子は髪をかき上げてから、左手を腰にあてて右手で身体表現をとりながら話す。

「あんたが最近おかしいって、空が言いに来たんだよ。それからあんたの家に行って、しっかりと検証させてもらったよ。何度か掃除もした。あとあんたが私用で使っているブツもこっそりトイレに捨てたりした。気づかなかった？」

「そんなこそこそとやらないで、直接おれに言えばいいじゃないか」

「うーわ。こりゃ重症ね。ほんとに強情になってるわ。昔っから言って聞くような子じゃなかったけどね、あんたは。それはね、あの量を見たら、ただごとじゃないってことぐらい堅気のあたしでもわかるわよ。点滴より、冷たい輪っかのほうがよかった？」

なにも言い返せなくて、海は横をむいた。今にも枯れゆきそうな、名前もしらない木が窓の外でゆれていた。こおろぎが鳴いている。

「とりあえずあんたは三日三晩寝ていたんだ。それだけダメージがあったってことだ。しばらく入院してからじゃないと家に帰れないらしい。それと――」

京子は口ごもった。もったいぶっているわけでも、なにをいうのか忘れてしまったわけでもない。それを言うことを躊躇しているのだ。しかし、彼女はもう迷わなかった。

「帰る家は、あんたが決めなさい」

彼女ははっきりと、そう言った。はったりで豪快に生きてきた京子だが、その影にはいつも海がいた。彼の年代は、三月にそれぞれの道へ旅立つ。だから、京子は彼に選ばせることにしたのだ。無限の選択肢の中から。

灰色の天椀から、今にも雨が降り出しそうだった。


「うーみ」

「空」

「うーみ」

「なに？」

「よかった」

「……うん」

「だいじょーぶだからね」

「空」

「なーに？」

「……ありがとう」

「えーと。あ！　どういたしまして。だよね？」

「空」

「なーに？」

「生きていこう」

「ん？」

「ふたりで」

「うん。そら。ふたりがいい」

だれも見つけられない

麻里は、毎週非番の日、かならず近所の花屋に立ちよる。

「こんにちは」

「あ、どうもいらっしゃいませ。いつものでいいですか？」

店長と思われる中年の女性は、麻里の顔を見るとそう言った。

「お願いします」

手際よく、色とりどりの花が束になっていく。その女性には、最初に見舞いだと言っているので、いつも不吉な花は避けてくれる。麻里はありがたい気もしたが、その彼女が、だれの見舞いなのか、病状はどうなのかと質問してくれないことが、すこし寂しかった。しかし、それが日本的な業務なのだろう。あたりさわりなく。生活の一部だから、穏便に。

病院へは、麻里のすむマンションから車で、十分前後でついた。やけに暗く感じるのは、視覚患者への配慮なのか、病院独特の重たい雰囲気なのか。いや、蛍光灯をつけ替えるのが面倒なだけに違いない。麻里は早足で病室にむかう。彼が入院している場所とは違う病棟に、なるべく急ぐ。会わないように、気づかれないように。もし彼が小蝶の姿をみたら、もうまともではいられないだろうと、そう思ったからだ。自分が無知に招いた被害者の末路を、——つきつけるべきだったとしても——麻里はひとりで背負うつもりでいた。

エレベーターで、開くボタンを押してあげると、車いすの老婆が、麻里にむかって流暢に「テンクス」と言って笑った。ドアが閉まると、麻里はすこし愉快な気分になった。米兵相手に商売することの多かったあの年代のひとは、差別的かそうでないかにわかれる。先ほどの老婆は、わりとグローバルに戦後を生きてきたのだろう。そんなちいさなことが、彼女の気分をすこし軽くさせた。

「小蝶」

病室のドアを開くと、小蝶が座って窓の外を眺めていた。麻里は早足で近づいて、その肩にそっと触れる。

「起きてていいの？」

「今日はねー。気分がいいのー」

白くなっていく左目。麻里には、どうすることもできない。

「そう。じゃあ、後で庭に散歩しに行こう」

病室の片隅には、車いすが置かれている。

「うん」

快楽の代償は多くあった。左目はほとんど失明。肝臓はスポンジ状になっており、不全の一歩手前。脳の委縮。そしてＨＩＶ。さらには、長くつづいた寝たきりの生活のせいで、長時間の歩行が困難になっていた。もちろん、腕の傷は消えない。本当の満身創痍とは彼女のことだと、麻里は思う。

「わー。きれいな花ー」

「うん。前のやつとかえるね」

「うーん。捨てるのかわいそーう。捨てないであげてー」

花瓶を持つ麻里の手が止まる。枯れた花は、捨てられるだけ。当然のことだが、それすらも小蝶には自分に重ねられてしまう。無意識にでも。麻里のその行動は、自分を捨てるという意味なのではないか、そんな感情の端が、その言葉にはあった。

「そうだね。かわいそうだから、わたしの家で飾っておこうね」

「帰っていいの？」

「小蝶は、もうちょっとリハビリしないと無理だよ」

「……そう。そうだ！　麻里ー、歌うたってー」

麻里はちいさくうなずいて、周囲の病室に迷惑にならない程度の声で歌を歌ってやった。ドン・

マクレーンの〈ヴィンセント〉を、やわらかく優しく歌ってやる。そうすると、しだいに小蝶はうつろとしはじめて、ついには眠ってしまった。

「もう、休んでいいんだよ」

意識のない彼女の耳元で、麻里はそうささやいて、彼女にふとんをかけてやった。気分がいい、というのは強がりで、本当は夜が怖くて眠れなかったのか、発作が起きそうだったのだろう。麻里はそう思った。

頭を撫でる。油髪になってべたつくが、それはしかたのないことだ。汚いと麻里は思わない。思うわけがない。

ここでも空は赤く、星は数えるほどしか見ることができない。そんなときは、麻里も都会じみたこの街を恨めしく思った。退院したら花屋で働きたいというこの蝶がはばたく日は来るのだろうか。麻里の心の中に、傘がさした。


そのころ海は、空と談笑していた。もうすぐ退院できるとめどが立ったので、ふたりとも喜んでいた。秒針のように昔話がとまらない。白い壁は、夕日の色に染まっていた。

ふと、ドアが開いた。マスクをした男が入ってくる。

「あの……っ！」

知らないひとだと思って、声をかけようとしたときに、海は目が合った。浦目だ。どこまでも非情な目だった。右手を突き出す。タオルから、黒い円が見てとれた。

「朽ち、果てるまで、働くか。帆を張り、船出するか。その女を、売る、か。この島を去る、か。それとも、ここで、散る、か」

選べ。男は簡潔に告げた。海は驚きのあまり、声も出せなかった。ただ怯えていた。一度死に近い淵を見ては帰って来た彼は、生まれたての赤子のようなもので、すべてに意味を感じ、すべてに忌みを感じていた。恐怖。絶望。渇望。焦燥。安楽。没落。海はなにも答えられずに、ただ黒い円に吸いこまれて目が離せなかった。

そのときだった。海に敵意をむけているのがわかった空が、くろがねの前に躍り出た。白いワンピースのほかに、彼女をかばうものはなにもない。しかし、彼女は臆することはなかった。彼を知っていたから。なぜ彼が海に敵意をむけなければいけないかとかそういう以前に、そんな感情のむき出した彼を、彼女は止めようと思ったのだ。

しかし、空は口を開かなかった。いつもの間延びしたやわらかい声は発せられなかった。

「なん、だ？」

「なにもおそれるな。おまえがおそれるものはおまえをおそれるだろう。なにもおそれなければおまえをおそれるものはいない。めをとじるな。みないふりをするな。おまえはそこにただまっすぐにたってめをこらしていればいいのだ。ちいさいいしをみるしてんでおおきなやまをみろ。

そしてあるけ」

それは、その矮躯の少女が発したとは思えないほど、はっきりとした、重い口調だった。海の目には、見えなくても、そこにあの老婆の魂がいるのがわかった。

「**こわいのだ**」

さらに、言葉がつづく。彼女が饒舌に喋ることなんて、まずありえないことだった。天からの声を神がかりで喋るような調子で、祝詞を歌っているかのようにつづける。

「**こわいからそうやってにげるのだ。こわいからそうやってきずつけるのだ。おまえはまずおまえをおさえろ。むねをはってひのあたるたいどうのまんなかをあるけるか。できないならそれでいい。だが。そうやっていきているひとにたいしてそんなこうどうをとることのできるおまえはなにものだ。どこのなにさまだ。きっとだれもおまえをきずつけない。だからもうおまえもだれかをきずつけることをやめろ。じぶんをきずつけることもやめろ。もうわすれていい。やめていい。ゆっくりといまはやすめ。そしてひのひかりをかんじたらあるけ。どこへいくかはじぶんできめろ。じぶんのじんせいをひとにまかせるな。おまえはまだねむっている。まだまだねむっている。めがさめたときにきっとなにかにふれるだろう。それがいいものかわるいものかはしらない。ただびょうどうにあさはくる。だからかえれ。いまおまえはわるいものだ。だからかえれ。みつけろ。さがせ**」

そこまで言って、空はその場にへたりこんだ。もう、その表情は普段の彼女の顔であった。夕オルに隠された黒い鉄の筒の先端に、そのちいさい手がのばされる。空が言った。

「つめたいねー」

そしてにぃーっと歯を出して笑う。もう勝敗はだれの目にも明らかだった。そして、浦目はあるひとつの決意をする。それは悲しく、辛い決断だった。

「……太陽は、チンピラじゃ、ない、か」

浦目はそうつぶやいて、銃に安全線装置をかける。それをジーンズの股にしまったかと思うと、マスクをとって、その傷だらけの顔をはじめてあらわにして、海を見た。

「――お前が、選ばれた。この子は、太陽の、子だ。……見えないものを見る、これも才能だ。しかも、大きく、詳しく見ている。その手を、離すな。話しかけることを、やめるな。鎮静な魂に、近づけ。いつかきっと。いつか、きっと」

言葉を失って、浦目は少女を見た。無垢な笑顔。子どもどうしの喧嘩で、勝ったぞ、というような打算や自慢のない、勝ち誇った笑顔。それがすべてだった。踵を返して、浦目は部屋をあとにしようとした。

「きっと、なんですか？」

若い海は、やはり回答がほしくて、彼の背中に声をかけた。浦目はドアに手をかけたまま、こう言った。

「きっと、お前にも、わかるさ。まずは、屋部に、会え」

まったくの無音で、彼は部屋を出た。そして霧に紛れて街に消える。

それから、一週間経った。眠れない日々がつづいていた海であったが、しかし空がそばにいることで、彼の心は次第に安定していった。そして。

「ひっひっ。本当にやるのかい？」

「はい、お願いします」

海は、屋部の診療所をおとずれていた。

「モチーフは？」

「地球で」

彼が彫り師でもあることを知って、海は突然の思いつきで、刺青を入れてもらうことにしたのだ。はっきりとした理由はないが、強迫観念のように、そうしなくてはいけないと、彼は感じていた。

「ひぃーっひっひっ！　地球とは大きく出たな。いいか、刺青ってのはもうひとりの自分を生み出すことでもある。また誓いや楔、契約や奴隷といったことにも、太古から使われてきた。それがそいつのもつ運命や人生を大きくかえてしまうことだってあるんだ。ひっひっ。それでも、地球が彫りたいんだな？」

「はい」

海は迷いなくうなずいた。ちいさかったころ、〈弱虫〉と言われた彼はそこにはいなかった。

「三日くれたらいいのを描いてやろう。ひっひっ。で、だ。地球とひと口に言ってもいろいろな絵になる。地球儀なのか衛星写真なのか、どこを中心にするのかでもかわる。ん？」

「そうですね。……地球儀のような感じで、雲は無くて大陸と海だけで、中心は―アフリカに、してください」

「〈フロム・アフリカ〉ってわけかい！　ひぃーっひっひっ。これは愉快だ！　これほどわくわくする依頼も久しぶりだ！　まかせなさい。最高の仕上がりにしてみせよう。ひっひっ」

「ありがとうございます」

「それと、だ」

屋部の表情が真剣なものにかわる。

「まだ昇のところには顔を出さなくていい。そうだな。春一番が吹くころがいいだろう。そのときは、連絡するかもしれないし、だれかが迎えに来るかもしれない。いいな？」

「はあ、そうですか」

「ひっひっひっ。よい一日を」

屋部は老獪に笑って、奥の部屋へと消えていった。海はドアにむかって頭を下げて、診療所を出た。待合室には、わけありの三、四名の患者がいた。外に出ると、風が強かった。看板が今にも吹き飛ばされそうに、かたかたと震えている。

冬の終わりは曇り空。望んでいたさわやかな輝きは、やはり見えない。それでも、海は京子の車で待つ笑顔にむかって、まだおぼつかない足取りで帰っていった。


武器屋と――海と麻里のいない店内は、静まりかえっていた。これからやってくる嫌な予感を、みな隠せない。そんな中、浦目だけが、瞑想にふけっていた。

「いいかお前ら！　一番大切なのは結束と報復そして沈黙だ！」

昇が喝をいれても、みんな上の空だった。杏が口を開きかけたところで、ドアが開いた。

「やあやあ！　こんばんは！」

「お久しぶりです、老」

すらっと背のまっすぐに伸びた老人は、にこにことした笑顔で、店内を見渡した。

「いやー、みんな若いね！　ぼくなんか場違いなんじゃないかな！」

彼の後ろには、板良敷も来ている。しかし、黒服は店の外で待機している。それが老、と呼ばれる人物の誠意だった。

「どうぞ、お座りください。なにか飲みますか？」

「島酒はあるかな？」

「はい、銘柄は――」

「君の勧めでいいよ！　僕はね、あまりそういうことは気にしないようにしているから！」

島酒を、大きめのコップにロックでそそぐ、昇は、自分でも手が震えているのがわかった。しかし、その場の長として、立ちむかわないわけにはいかなかった。

「それで、老がここまでいらっしゃったわけをお聞かせ願えますか？」

「いきなり本題から入るか！　いいね！　僕はそういう態度は嫌いじゃないよ！」

彼は笑顔を絶やさない。かなりの鉄仮面だ。浦目は、はじめて老を見たが、そう思った。まるで、生まれてはじめて鳥肌が立ったような感覚を、浦目は感じた。

「君たちがやっているのは、どんなことなのかな？」

そう言われて、昇は説明する。まず抑圧された人民の救済、革命の必要性にはじまり、金や武器を得るための交渉、手段まで。手のうちすべてはさらさないように、しかしなるべく事実に基づけて話した。老は目を閉じて話に聞き入り、それからしばらく考えるようにしていた。

杏は、今自分が呼吸してはいけないのではないかと思うほどの重圧を感じていた。まばたきすることすら許されないような空気感の中、軽口をひとつも叩けずに、彼女は申し訳なさそうにカウンター席の一番端で小さくなっていた。

やがて、老が目を開けて身を乗り出して――やはり笑顔で――こう言った。

「〈これは戦争とどんな関係があるんだ？〉」

「それは、説明したように―」

「冥府の王よ、自己憐憫に陥った君は、もはや怪物だ！　すばらしい！　若者の未来を奪い、革命を成功させるがいい！　できるものならやってみるがいい！　しかし、ぼくが思う怪物というのは、物語では最後に倒されるためにに出てくるのだよ！」

「勇者によって、ですか？」

「そうだといいが、今はそんなにうまく世の中は回っていない！　この世に完全な暗闇がなくなったとき、ひとびとの想像力は失われた！　平和はおとずれない！　闘争本能は人間の欲望なのだ！　戦争も紛争も内戦も内乱も革命も改革も、世界中で起きている！　しかし、この国では革命は起きない！　なぜだと思う？」

「洗脳されているからでしょう。いわゆる、マスメディア・コントロールというものに」

「その通り！　君は天国にひとつだけ持っていくならなにがいい？」

「……質問の意味がわかりません」

「ぼくは花束だな！　手ぶらでは家内にあえないのでね！　しかし、なぜ家内は先に死んでしまったんだろう？」

「それは、ひとがたどる運命ですから」

「そうだ！　その通り！　君がさっき言ったように不平等だ、この世界は！」

「なら……」

「しかし、ぼくが〈完全なる平和〉の中に生まれていたとしても、家内は先に逝ってしまう！

ひ、と、は、生、ま、れ、な、が、ら、に、し、て、不、平、等、と、い、う、点、に、お、い、て、平、等、な、の、だ、よ、！」

昇は、ついにだまりこくってしまった。老は、ゆっくりと酒を飲んで、それから口調を緩めて話し出した。

「悲しいことだけれどね、ぼくたちにできることは〈なにもない〉んだ。ぼくだって若いころは君のように夢を見たものさ。それで、今はこんな隠遁生活を強いられているんだ。若いひとたちの壁になるぐらいしか、ぼくにはできることはない。ここにも、ちからを持て余した若い情熱がいるじゃないか。むかう先を間違えれば、かつての偉人のように歌で戦争を止められるかもしれないよ」

「そうでしょうか」

昇が食い下がる。老が腰をやわらかくしたので、つい口をついてしまった。老は笑いながら、繰り返した。

「いいかい〈彼ら〉に対してぼくたちにできることは〈なにもない〉んだ。この世で言い切れることなんてないけれど、ぼくはこれについては言い切るよ。じゃ、板良敷」

「はい」

「勘定を払いなさい」

「はっ」

まるで兵隊のようなかけ声で、板良敷は懐からいくばくかの金をカウンターの上に置いた。老はきびきびとした動作で身なりを整え、ドアの前で昇に振り返った。

「それじゃあ、いい酒だったよ」

「……老。本当にこの世で言い切れるのは我々にできることは〈なにもない〉ということだけなのでしょうか？」

昇が――、あの昇が、弱気になっていた。老は、わが子を見るようなあたたかい視線をむけて、こう言った。

「そうだね。あとひとつ言いきらせてもらうなら、〈恋はすばらしい〉ということかな。君も早く家庭を持ちなさい。男の価値というのは、家庭で決まるんだよ。願わくば、太陽を汚さないようにしてもらえると、助かるんだけど」

「太陽、ですか」

それがだれのことなのか、昇はすぐにわかった。まだ見ぬ、光を放つ人物。彼の中で、その人物像がふくれ上がっていく。

「〈語りつくされた言葉で、語りつくせないことをしよう！〉それじゃあ。息災でね」

老は、さっそうと帰っていった。すると、板良敷が昇に近寄って耳打ちした。

「金を持って逃げた武器屋ですが、おそらく台湾に亡命したのではないかと思います。あなたの最初の〈こどもたち〉の参護《さんご》君に、わたしたちから連絡を入れておきました。いままで内密にしていたこと、お詫び申し上げます。それでは、〈平和的な解決も考慮にいれてください〉。失礼します」

次世代を担う男は、物おじせず昇の目を捉え、頭を下げてから出ていった。昇はなにも言わず、乱暴にドアを開けて、店の裏に消えた。

「あーあ。新しい就職先でも探そうかな」

杏の軽口は、ただその場の空気をより乾かすだけだった。浦目は、自分の決断を待っていた。老の登場により、すこしだけ、後押しされる形になった。


「お久しブリリアント」

「良平！　なんでここに？」

施術の日、部屋には屋部と、そして良平がいた。自然とハンドサインを交わす。二年半の月日を経ての、再会であった。

「ひっひっ。今日は彼にやってもらおうと思うんだよ。それでいいかい？　もちろんミスをしたら手直しはさせてもらう」

「はあ」

「おれ、今日はじめてひとにやるんだ。痛かったらごめんな。許せ」

「許サンシャイン」

「たのみマスアピール」

そんなくだらないやり取りのあと、海は施術台に寝かされた。勉強机についているようなライトがまぶしい。ふと、救急車からおりて寝かされた、救急病棟の失われた記憶がよみがえる。

まず消毒をして、胸毛をそって、下絵を張りつける。なにやらわけのわからない液体を胸に塗られて、しばらく横になっているように告げられた。なぜか、丸いライトの傘に、良平と屋部が写っているプリクラが貼ってあった。意味がわからなくて、海は苦笑する。

そして――施術が開始される。マシンでやっているぶんまだましだというが、それでも皮膚を食い破っていく感覚は苦しくて、痛かった。海は歯を悔いしばって耐えた。ちいさく流れている良平の好きなハードロックに身を任せて、目を閉じる。自分が冒してきた罪や思い出。十八年分の思いが刻まれていく。

戦闘機を追いかける空を追いかけたこと。石を交互に蹴りながら帰ったこと。喪失感。暗闇。苦労をかけたひと。過ち。瓦町。交差点。バスケットボールの弾む音。幻覚。幻聴。白色。パッケージ。ジップ。父親。戦争。怒り嘆き悲しみ苦しみ。すべての思い出がひとつひとつ、刻まれていく感覚。贖罪とは違う。決意とも違う。あの瞬間、見たビジョンに身をゆだねる。海は、決して動かなかった。良平も、懸命に励んでいる。

「どうですかね？」

「ひっひっ。いいよ。はじめはこんなもんさ。手直しをすこしだけ、させてもらうよ。良平は受付に行ってもらえるかな」

屋部が取りだしたのは、マシンではなく、錐のような針だった。さっきとは比べ物にならない痛みが、彼の肌を刺す。

「どうして、心臓の上なんだい？」

「わかりません」

「ひっひっひっ。それもまた魂の叫びよ」

にやにやと笑いながら、繊細な手つきで彼は作業を進める。痛みのあまり意識が遠のいていくが、魔女のいない今、屋部が彼にとって一番、精神世界の熟練者に思えて、こんな話題が口をついて出た。

「最近。やる気が起きないんですよ」

「ここに来ているのに？」

「みんな現実を見て、やることをやっています。それなのに、おれはひとりのひとも守れないし、どこに進んでいいかもわかりません」

虫眼鏡のようなものをつけて、屋部は本格的に最終調整に入った。それでも作業の手を緩めずに、彼の話に応えた。

「人生には、必要なんだよ。ひっひっ。足を止めて振り返ることも、寒さにじっとこらえていることも。それが命をつなぐ冬。そして厳しさを越えて春を迎えに行くのさ」

早いもので、窓の外には桜のつぼみがついている。春が来れば、いま落ちこんでいる気持ちも、晴れるのだろうか。海には──、祈るしかなかった。ある少女のために。

つまらなかった。そして怖かった。すべてのものが響かない。みんなが自分を陥れようとしている。『地球は青かった、しかし、神はいなかった』その通りだ。この世に神はいない。いたとすれば、賢くなくても必死に生きている自分にこんな罰がくだるものか。この胸にぽっかりとあいた穴はなんだ。どうふさげばいいのだ。いや、法律をすくなからず破った時点で罰は下ってしかるべきなのだろう。だって、おれは京子さんに迷惑をかけているし、空をすくえないし、むしろ彼女たちに助けられているのだから——。

そんな思いにとりつかれて、海は眠れなかった。目を閉じることもできない。家に帰って来た当初の海は、空にべったりで、京子がスーパーなどに買いものに行くと、空とふたりで玄関に待っているほど重症だった。それから投薬がはじまり、だんだんと戻って来ていた。しかし、減薬をはじめてから、また精神が不安定になる症状が出ていた。

三人は、実家で川の字になって寝ていた。いつ空が泣きわめくかわからないし、またいつ海がパニックを起こすかわからないので、京子がいつもそばに寝ていた。彼女の心労は大きかったが、ふたりが楽しそうにしていれば、それだけで心が癒された。母親ってのはこんな気分なのだろう。京子は近ごろ、よくそれを感じるようになっていた。

とんとん。海の肩がノックされる。空だった。

「うーみ。といれ」

暗いのがこわいのか、トイレという閉鎖的な空間が怖いのか、空はよく夜には海を誘ってから用を足した。

海は、ふらつく空の肩を支えてやって、便座に座らせた。もう慣れたもので、手間取ることはない。京子好みの、花柄が入っていてさまざまな色に光る骨董のライトがまぶしいらしく、空の目はほとんど開いていない。

「うーみ。おわった」

それからふたりはふとんに潜りこんだ。当然、まだ生暖かい。海はすぐさま眠りに入ったが、しばらく横になっているうちに、空は目を覚ました。オレンジの豆球だけが光るリビング。空は台所をうろうろとしはじめた。別になにかを探しているわけじゃない。考えごとをしているわけじゃない。からだがとにかく、落ちつかないのだ。

「空、どうかしたの？」

浅い眠りから解放されて、海も起きだした。京子は新しくはじめた仕事の疲れからか、いびきを立てて寝ている。彼女は寝相が悪かった。

「うーんとね。おさんぽ。いきたい」

「どうして?」

「いかなきゃいけないの。はやく」

彼女に手を取られて、海は廊下まで引っ張りだされた。海の心が弱っているからなのか、彼女の魂が強いからなのか、彼は逆らうことができない。

「ちょ、ちょっと待ってよ。じゃあコンビニに行こう。せめて着替えてから行こうよ。パジャマじゃ格好つかない」

「うー。はやくしてよね」

海はそっと階段をなるべく早足で音をたてないように急いで登った。そしていつものジーパンと上着で、いつも背負っているリュックをレジ袋がわりにしようと考えて、それを背負った。階段を下りると、空は黄色い鼻緒のぞうりを履いて待機していた。海もあわててスニーカーのひもを結ぶ。彼女も、なんだかんだ言いながら、お気に入りのワンピースに着替えていた。

「はやくはやく」

「はいはい。じゃ、行こう」

海は敷居をまたごうとしたときにふと、京子のことを思って、メモに〝コンビニに行ってきます〟と走り書きを残した。膝で廊下を這うように歩いて、京子のまくらもとに置く。

そして、敷居をまたいだ瞬間に、海はもうそこへは戻れない気がした。全身が重たくなる。しかし、少女の強いちからに引き寄せられて、その歩みを進める。

見られている気がした――、だれかに。追いかけられている気がした――、だれかに。暗い夜道。だれも歩いてはいない。しかし海には見える。カーテンの隙間から目が。電柱の手すりから耳が。マンホールのふたから鼻が。ひそひそと、隣近所の今から話し声が聞こえる。

――だからさー。

――馬鹿じゃない？

――あはは。

――死ねばいいのに。

そして――背後をぴったりと浦目がついてきているように、海は感じた。冷や汗が止まらず、右に左にふらふら歩く。その手を空はとって、腕を組んだ。彼はようやく、まっすぐ歩けるようになる。

「空」

「なーに？」

その細くちいさい少女をたよりにしている自分の情けなさを感じながらも、海は衝動を抑えられずにいた。

「逃げよう。追われてる」

「それ。まえもいってた」

「本当だよ」

しぼり出すような声で、海が言う。空は口を真一文字にして考えていたが、やさしく微笑んで――賢者のような顔で――こう言った。

「じゃあ。うーみのいうとおりにしてみる？」

恐怖に囚われた海がうなずいて、着の身着のままで、ふたりの逃避行がはじまった。

最終のバスに飛び乗って、ふたりは一番後部の座席に、手をつないで座った。はたから見れば、幸せな光景だろう。しかし、それは逃避行のような旅のはじまりだった。

昇の店に、どたどたと男が入って来た。

「浦目。どうした」

「とり、あえず、医者を」

「撃たれたのか？」

浦目は首を振る。近づいてみると、出血はしていないようだった。肩を貸してやり、そして指定席のソファに寝かせる。

「折れてるのか？」

「わかり、ません」

ガチャン！　無思慮な音がして、ひとりの男があらわれた。長い髪を揺らして、大きなリュックを背負っている。一歩間違えれば、浮浪者とも捉えられかねない風体であった。

「参護！　遅いぞ！」

昇が叫ぶ。それは約束していた、というわけではなくて、決起から今までどこにいたのだという質問であった。

「いっやー。楽しかったよ。シルクロードの逆走は。あ、これ古見の王とかいうおっさんから巻き上げた、あ、いやいや。取り返した金ね。ちゃんと返したからね。昇さん、水一杯もらえる？」

「お前な……」

ぶつぶつ言いながらも、すこし嬉しそうに昇はその準備をした。体制を立て直せる、かなめとなるかもしれない人物が戻ってきたのだから。

「これからきびきびと働いてもらうからな」

「お断りします」

「なに？」

昇は驚いた。自分の思想に共鳴していてそれに深く傾倒していた人間が、自分の思う革命には賛成できないといったのだから。

冷蔵庫のモーター音だけが響く。

「〈ひとりを生涯愛することは、一本のろうそくが燃え尽きるのと同じだ〉」

「……こんどはなにを覚えてきた？」

「『おれは世界中でありとあらゆるドラッグをやった！』とでも言えばいいんですか？」

「ふざけるな」

「ふう。どこかにおれを待っているひとがいるかもしれないじゃないですか、押しつけはだめですよ。背中を見せないと。昇さんにはそこが足りない」

この男も杏と同様に、口先だけで生き抜いてきた人間であった。ゆえにその言葉は軽い。

「人間なんて押し並べて愚劣で卑怯なんですよ。生きているってことはそういうことです。だからそれを恥じることも嫌うことも怒ることも必要ではありません。ただ生きたいように生きるのがおれです。すみません、お役に立てなくて。ああ、それでも立ちよるさいには、今日ぐらいの小間使いはしますよ」

「だめだ。お前は革命に必要な人間だ」

「だから、押しつけはだめですってば。おれは世界がかわればいいなんて思わない。世界が気に食わないなら、自分がかわればいいのだから。そんじゃ、新しい女——じゃなかった、国がおれを待っているんで、失礼させてもらいます」

この街に流れこんでくる風のように、それだけ言うと彼は去っていった。轟音がたてつづけに三つ飛びたった。それは、彼の姿を街に隠すには充分だった。


「それは、できません」

断腸の思いで、浦目がそう言った。昇のひたいに青筋が浮かぶ。しかし、彼は臆することはない。

「なんだと？」

「ぼくは、もう、負けたのです。これ以上、だれかを傷つける、ことは、できない」

「太陽の話だな？」

昇の形相が、般若の面へとかわっていく。近ごろは、周囲の人間が彼女に感化されていくので、彼は邪魔だと思っていた。

「太陽も傷つけてこい！　汚すことなくな」

「それは、もう、ただの弱いもの、いじめですよ。あなたの、目標とは、違うはずです」

カウンターを昇が叩いた。裏目に、その合わない焦点をむける。

「なんと言った？」

「……〈調和するふたつ〉は、時として、〈完全なるひとつ〉より強く、尊く、美しい。陰と陽。太陽と月。男と女。そして……彼らはそれと、同一です。相反し、たがいに求め、ただひたすらに、動きつづけようと、する。その存在こそが、この世に動きを、もたらすのです。その命は静止を拒み、ただひたすらに動きつづけます。実際に〈彼ら〉は、ひとつの完全な太陽、ではなく。欠けた部分を、補い合うふたりを、のぞんで、いるのです。完全なものには、存在しない、幸福。それもまた、真理です。なら、それを奪い、破綻させ懐柔しようとする、ものがいたら、ぼくなら刃をむけます。今やっと動き出した世界の歯車を、止めようという輩が、いたなら、いつでも死に神になりますよ。彼らこそ、〈世界〉そのものだ。この筋書きが――、どのような終焉をむかえても、ふたりがひとつであれば、〈世界〉は、なくならない。物語は、つづくのです。はじめて、ぼくはそれを見た。世界のはじまりを見た。だから、だれにも譲らない、だれであろうと、抗う意志は、あります。石を見つけた。それが、ぼくの闘う理由です」

そう宣誓して、浦目はそのままその場をあとにした。昇は、亡き友人の形見が自分の筋書きを乱していることに腹を立てて、その場に並べてあった酒瓶を、すべてなぎ倒した。ガラスで手のひらが傷だらけになっても、シャツの袖が血で染まっても、彼の怒りはおさまるところを知らない。

彼は叫んだ。けものの声で叫んだ。

いつかはやると思っていた。だから、冷静な自分がいることに、京子は驚かなかったこれで二度目の家出ということになる。ため息をついて、髪をかき上げる。

「ったく。……ほんとにあいつは」

ぐちがこぼれると、電話のベルがなった。気だるい足取りで子機に近づいて、彼女は電話に出た。

「はい。もしもし。はい。あー、そうですか。わかりました。どこの病院ですか？　はい。はい。わざわざありがとうございます。はい。失礼します」

はあ。大きなため息をついて、京子は基地内のフリーマーケットで買った大きめのパーカーにそでを通した。どこかの大学の名前がかいてある。一月の下旬―まだ寒かった。どれだけ厚着をしたところで、隙間から入る海風がからだを冷やす。

車に乗りこんでキーを回す。古い車なので、エンジンが温まるのを待った。京子は頭を抱えることはもうしなかった。悪いことは、立て続けに起こるということを、彼女は二十数年の人生で学んでいた。

なにげなくCDを選んで、自分の一番好きな曲から流す。ブリジット・セント・ジョーンズの〈フライ・ハイ〉だった。サイケデリックな音とギターのやさしい不釣り合いな音色が、なぜか彼女を落ちつかせた。ライトを灯して、アクセルを蹴る。

車のライトは、片目になっていた。

一夜を安ホテルで過ごして、フェリーにゆられて数時間。空と海は神人のすむ土地にやって来ていた。聖地巡礼というわけではない。そもそも聖地というのはいいものも悪いものもすまう場所である。最近では観光客も多いらしいが、自分の生まれた場所、すなわち自分のルーツをたどるのが大切だろう。その点において、ふたりはすくなくとも島民としてその条件を満たしていた。

「ららら。ららら」

鼻歌まじりに陽気な空とは対照的に、海はどんよりとした気分で歩を進めていた。集落を抜けると、そこは林道だった。いや、神の通り道なのだろう。かつての秘祭では、罪を犯したものは倒れ、嘔吐し、血を吐いて死ぬ例もあったとか。それほど、この場所は神に近く、霊に近く、死に近い島なのだった。

「てぃーゆすみゃーや、なまいがーや……」

いきなり、空が祖母の歌っていた歌を口ずさみだした。神人のいる場所でそれはいけないのでは、と海は思ったが、楽しそうな彼女の表情を見るとそれを止めることはできなかった。

神の歌がつづく。林道は白く光る砂浜までつづいていて、そのさきには、もはや青と呼ぶのもおこがましい、ラピス・ラズリの波が押しては引いていく。木々が空を歓迎して蒼くざわめく。

歌に引き寄せられてなのか、よそ者がめずらしいのか、家々から、神の地にすまうひとがあらわれては、空の姿に目を細めて消える。海は、七つの橋を渡るという意味を知らない。だから、その遊びが誕生したわけも知らない。だから、なぜみなが一様に空をほほ笑ましく見ているのかも、わからなかった。彼女といては、白い目で見られることが多かったから。

「うーみ！　きれい！」

砂浜にたどりついて、まず目に飛びこんできたのは、どこまでもつづく、青と青のストライプ。まるで何ものかが世界中を飲みつくそうと口を開けているように、海には見えた。近くで見る波は、透き通った緑色だ。しゃらしゃらと音を立てる島を支えてきた珊瑚が、子守唄を奏でる。すぐ足元をヤシガニの一種が通り過ぎ、遠くで魚が跳ねた。

「たのしいねー！」

ばしゃばしゃと波打ち際でひとり遊びをしている少女が振り返る。その光景には、どんな美しい絵画や写真でもかなわないと、海はそう思った。

南国にはめずらしい、雲ひとつない快晴。その上空を爆音が切り裂いたとしても、今のふたりには関係ない。そこは、ふたりだけの国。旅は、まだまだつづく。


「こんなところくるのはじめて！」

「しー！　空、しー！」

ふたりは島の北東部にある、インターネットカフェに来ていた。空にとってはなにもかもが真新しく、強い興味をひく。

「すごいよ！　うーみ！　このぼうを引っ張るとアイスクリームが」

「あー！　こぼれるこぼれる！　ストップストップ！」

勝手にひとの座席をのぞいたり、週刊誌を読んだり、空はずっとうろうろしていた。その間、海は映画を見ていた。幸せな家族の、コメディ映画だ。現実はそんなもんじゃない。でも、現実に幸せだった時間もあった。どこで忘れて、どこで失ってきたのか。海は考えずにはいられなかった。

ようやく空が席に戻って来た。注意しようと口を開けたところで、海がその口を手でふさぐ。

「どうしたの？」

「そ、空。いい、いくらなんでも、おでこには、つ、つかんだろ」

「なにが？」

「アイス……」

空は手のひらでおでこを押さえて、白く濡れた自分の手に驚く。

「ほんとだ！」

そしてその手を、笑いを必死でこらえる海の背中でふいた。こっそり。まるで気づかうように。いろんなところから咳が聞こえる。海がはっとなって、横になる。毛布を贅沢に二枚羽織って、リュックを枕にする。もう睡眠薬はいらなかった。

「空も寝ておけ。明日は遊ぶぞ」

その発言がいけなかった。空は、遠足の前の日は寝ないタイプの人間だったから。

「あそぶ？　やった！」

夜の二時、ナチュラルハイに陥った空に、海は子どもむけのアニメ映画を見せて、なんとか落ちつかせることに成功した。

やがて空も横になった。海の背中に耳を預けるかたちになる。彼のすこし早い生きる鼓動が、やがて彼女を深い眠りへといざなっていった。その光景は、ある日の夏の縁側と同じだった。

いつも陽気で軽口をたたく杏が、泣きふせていた。理由などない。ただ生きることが辛くなって、苦しくなってしまったのだ。

物質的に豊かな時代――それは、精神的に貧しい時代ともいえる。古いもので満足できない人間は、新しいものを求めて、破壊と再生を繰り返す。彼女にとってその〝泣く〟という行為は、その瞬間に出るものだった。

ドアが開いて、浦目が帰って来る。杏はその胸に飛びこんだ。刃物のような冷たい心を持つその胸はあたたかく、彼女を冷静にさせていく。

「ごめん。なんでもないの」

素直にそう言って、杏はベッドにもどろうとした。きなり色の枕は、濡れていた。

「最近は、なかった、のにな」

彼のひと言に、杏の足が止まる。

「どうしてかしらね」

「古い、記憶さ」

「あなたにとってはね」

「……そうだな」

「なんでここに帰って来るの？」

「知ら、ない」

「わたしのこと好きなの？」

「わから、ない」

ひとを信じることを完全に忘れた目に、杏はやはり引きよせられた。自分が守ってあげなくては、自分がそばにいてやらなくては。四面楚歌の泥沼に溺れても、そこにはあるひとつのかたちがあった。それが、どれだけ普遍や普通とずれていても。


バスを乗り継いでふたりは、ついに最北端の岬にやって来た。

満ち引きする世界中を舞うちりに揺られ、満ち欠けする夜の輝きに照らされて、空は踊っていた。岬の先端、ちいさな芝生の上だ。まだ先はあるが、空は六畳ほどのそのスペースが気にいったのか、離れようとはしない。海は煙草を吸いながら、その姿を見ていた。

　空が振り返ったとき、海は驚いた。冬にひまわりが咲くはずがなかったから。こんな状況なのに——こんな世界なのに——彼女は笑っている。そのときは、いつも海の真横で真実を耳打ちするルシファーも、黙るほかなかった。

　海は空にゆっくりと近づいた。彼女を抱こうとしたのだ。そして、その月がつくり出す光の道に堕ちてしまおうと考えていたのだ。

　しかし、空はその手を避けた。海の表情がいつもとは違っていたから。笑っても怒ってもいない——無。無、そのものだった。

「いや」

「空」

「うーみ」

「いや？」

「いや」

　遠くにぽつぽつと見える、人家の明かり。暗い視線のまなざし。閉店した屋台のそばにある、自動販売機の光。風の音。波の音。満天の星空がざわざわとささやき合い、ふたりを見守る。鎮座する夜の帝王は、その表情をかえることはない。

「うーみ」

空が泣き出す。

それは何度目だろう。海は思った。

「そら。たのしかった」

まるで決意のようなひとこと。その瞬間に、鉄の翼を持った見えない鳥たちが、つぎつぎと飛びたった。

風が、吹いていた。

……どれぐらいの時間がたっただろう。嵐の中の静けさの中、ふたりはむかい合ったまま、そのむこう側に別々の未来を見ていた。いつから食い違っていたのか、それはだれにもわからない。ただそこにはふたりがいて、それだけだった。

そのとき海の目に、その場にはそぐわない白い杭が目に入った。まるでふたりが街からはみ出しているように、その白さは月明かりに跳ね返っていた。

——人類平和のために——

なんて言葉だろう。彼は思った。

「空」

「なーに」

「帰ろう」

「……うん」

闇がふたりを包んでいた。
赤いパトランプが、近づいて来る。

すべては明日の光を見るために

「広い」

一歩外に出ると、両手を広げてもつかめないほどの青空が広がっていた。その瞬間、海はだれよりも自由な気がした。しかし、それも長くはつづかなかった。

彼を驚かせたのは――、外に出たときだった。待っていたのは京子ではなく、浅黒い肌を持つスーツ姿の女性だったから。しかし、彼の足はうまく言うことを聞いてくれない。

「どこに行くの？」

行き先を告げずに、麻里は車を発進させた。その有無を言わせない感じに、海はびくびくする。だれが見てもわかるほどに。

たどり着いた場所は――大きな病院だった。つかつか音を立てて早足で歩く麻里。海はついていくのがやっとだった。数度ノックしてから、麻里は扉を開けて、すぐその隣に立った。

海は驚いた。昇が青い服を着て、ベッドに座っていたのだ。空と逃避行の間に——、自分が中にはいっている間に——なにか起きたのか、もしかすると自分のせいじゃないのか、やはりみんなはおれを陥れようとしているんだ。そんな悪い考えが、彼の頭をよぎる。

「来い」

昇が言う。海は二歩近づいた。その距離は、両者が手をのばせば触れるか触れないかの距離になる。しかし昇は言う。

「もっとだ」

心によどみがある海は、どうするか迷ったあげくに、また一歩近寄る。

そのときだった。昇が彼の顔をつかんで引き寄せたのは。海は抵抗しない。いや——できないのだ。

「お前だな?」

どうしてこんなことをされているのか、彼にはわからなかった。同時に、頭の中の一方で麻里に銃を突きつけられたときのことを思いだしていた。——ああ、TVのように振り払うなんて難しいんだな——、と。

そのとき、昇は彼の脈と瞳孔を見ていた。血は早く、目は開き気味だ。それは動揺のものだ。けれど、なにがなんだかわからないという、無知に等しい驚きだった。

「違うのか」

昇はそう言うと突き放すように手を離して、手で『あっちに行け』とジェスチャーをした。麻里に裾を引っ張られて、海はその病室をあとにした。わけがわからないまま。


それから五分も経ったころだろうか――、昇の病室の扉が、ふたたび開いた。姿を現したのは、京子と空だった。

「調子はどう？」

「まあまあだ」

「やっぱり違ったでしょ？」

「ああ」

苦虫を噛み潰したように、昇は応えた。

「しかし、革命の指導者が刺されるなんて、ありえないでしょ。もうこんな暮らし、やめたほうがいいんじゃない？」

「その問答を、何回やるつもりだ？　それより――」

昇の視線は、京子の後ろに隠れた少女にむけられる。空は、京子のＴシャツの裾をぎゅっと握りしめた。

「そう、あなたが会いたがっていた人物」

「近くで顔を見せてくれないか？」

　空が、首を振る。

「空。怖いひとじゃないよ。もうね」

「ほんと？」

「本当」

　そろそろと、彼女は昇に近寄った。ぬいぐるみを大事そうに抱えたまま。その表情は、やはりすこしこわばっていた。昇が声をかける。

「海のこと、好きか？」

「うん」

「そうか」

「おじさん。うーみとおなじかんじする」

　昇は、目に温かいものが溜まっていくのを感じていた。しかし、強くまぶたを閉じたと思うと、強い輝きの目で、彼女を見た。

「これが、やつの守りたかった太陽か」

　窓の外では、桜は散っていた。うららかな陽気に煽られて、青々とした葉をつけはじめている。もう、春だ。寒くてこらえるだけの冬は、終わりを告げた。

浦目は、杏のアパートにいた。ＴＶもついていないし、浦目の好きな音楽も流れてはいない。

机を挟んでは、むかいあう。

「ハッピーエンドってわけね」

「そう、でも、ないだろう」

「じゃあなんて言えばいいのかしら？」

「……どう、する、つもりだ？」

浦目から切り出す。それは、めずらしいことだ。

「そうね。……また歌ってみようかしら」

いつもの調子だが、それは軽口ではなかった。

「まだ、ここに住む、つもりか？」

「ううん。今度は、とりあえず親戚筋をたよって行ってみようと思うの」

「どこへ？」

浦目が尋ねる。

「自由と、いう名の国へ」

「そうか」

「一緒に、行かない？」

浦目は応えない。

「……あのふたりは、うまくやっていけるのかな。今はいいけどさ、大人になってあれじゃあ、彼は愛想をつかさないかしら」

「光を強く放つものには、深い影ができるものさ。暴力と純真の混ざった人間には、そばにいてやるものが必要だ」

「――そうね」

杏が、顔を一度ふせて、笑顔で手をのばす。

「死んじゃやだよ？」

浦目も一度目を閉じて、その手をとる。別れの握手であった。それが、彼らの精いっぱいだった。

「――待ってるからね」

ちいさく杏がつぶやいた。浦目は、応えない。それでも、その手のあたたかさを覚えておこう。

彼は、心のどこかでそう思っていた。


麻里はある病室の前で、海に振り返った。目は合わせずに、前置きのようにこう言った。

「――会わせるかどうか、迷ったんだけど」

それ以上言葉を失った彼女は、その重い引き戸を開けた。窓辺に人影がある。赤毛が振り返る。その人物は、おごそかに笑った。深い意味は、そこにはない。

「麻里ー。久しぶりー」

そこにいたのは、小蝶だった。もう海は言葉を失う。なにもかもを受け入れて、なにもかもを拒絶する彼の魂には、理解ができない。

「おとといも来たじゃない」

「そうだっけー？」

「寝てなくていいの？」

「今日は気分がいいのー」

それは、小蝶の危険信号であった。彼女が平静でないということは、最高なのか最低なのかの二択になる場合が多かったから。

「とりあえず座って」

「だれー？」

小蝶が海を指さして言う。それは、嫌みなどではない。彼女は本当に彼を認識できていないのだ。月のような左目が、彼の良心を責めたてる。

「神谷海よ。覚えてない？」

「はじめましてー」

その言葉に、海は愕然とする。そしてその言葉を、感情の墓場へと運ぶすべを、彼は忘れていた。いや、わからなくなっていた。

「かっこいいのか、かっこ悪いのか、わからないねー。でも小蝶が好きなひとの感じがするー」

純真に、残酷な言葉を彼の胸に突き立てていく。

「でもねー。小蝶はねー。もう恋はしないことにしたのー。昔ねー。だれだったのか忘れちゃったんだけどー。ふられてー。だからびょういんにいるのー」

海はうつむいた。さまざまな考えが浮かんで、なにも考えられなかった。

小蝶はふらふらとベッドに腰かける。そんな彼女の髪を、麻里は優しく撫でた。そのとき、看護師が現れた。

「すみません。そろそろ」

「ああ。はい」

麻里はなれた様子で、海の腕をとって部屋を出た。彼は、脱け殻のように呆けていた。まるで幼児のように、麻里のあとをついていく。

しばらく歩いて、十メートルほど離れたとき、小蝶の部屋がいきなり開いた。

「いや！　ちゅうしゃはいや！　やめて！」

その叫び声は、この世のものではないようだった。麻里があわてて近寄る。胸をあずけさせて、背中を撫でてやる。それも、すっかりと慣れた様子だった。

海は見ていられなくて、背をむけた。そしてコンクリートの壁に、ひたいをこすりつけた。どれほど悲しくても、涙はない。いつの間にそれを失ったのか、彼も覚えていなかった。彼女の泣き叫ぶ声が、虚しく白い廊下に響き渡った。


「これから—、どうするつもり？」

「革命は終わらない」

「解散したのに？」

「新聞の四コマから革命が生まれる場合もある」

「は。〈ブーン・ドッグス〉ね？」

「そうだ」

「これからは民主的にやろうって言うの？」

「そうだ」

「ここで？」

「わからない。しばらくしたら、静かなところでゆっくりさせてもらうつもりだ」

「そう」

「ああ」

『ついてこい』は？」

「なに？」

「言ってよ」

「……ついて来てくれるか？」

「どうしようかな」

「おい」

「うそよ。ああ、もうこんな時間ね。明日の仕事にひびくわ」

「すまん」

「わお。謝ったの、はじめてなんじゃゃない？」

「うるさい。しかし」

「なによ」

「おれは、やつを許すつもりはない」

「強情ね」

「おれも、許されるつもりはないからな」

「道理ね。それが人間でしょ」

「ああ」

昇はすこしだけ照れくさそうに、窓の外に目をやった。取りのがしていた青い鳥を、目で追うように。北東の方角に、萌えるような緑の山がそびえたっていた。

「やつはもう少年じゃない。旅立とうとする青年を、だれか止められるものか。いや、だれにも止められはしない」

「そうね」

「ただ、できることなら、未来で。おれはちいさい石につまずいたのではなく、あれ以上の、とてもじゃないが見上げられないほどの山にぶつかったと思わせてほしいものだな」

晴れ晴れとした彼の表情から怨念は消えて、ただただ清々しさがただよっていた。闇夜が薄れて、しだいに赤くなっていく。

麻里に突き飛ばされて、砂浜に膝をつく。振り返ろうとしたときに、冷たいものが、首筋に突きつけられた。彼にはそれがなんなのか、すぐにわかった。

「なにか、言いたいことはある？」

海は、しばらくがたがたと震えていた。しかし、自分がなにかを言わなければ、彼女は動きそうもない。背後にいては、どんな表情をしているのかさえ、わからなかった。覚悟を決めて――海は今にも明けようという情景の前に、ぽつり、ぽつりと喋りだした。

「今まで、なんでも知っている気だった。今では、なにもわからない。なにが正義でなにが悪か。

憎しみ慈しみ怒り悲しみ。そういったものが抜け落ちてしまった。おれはどうすればいい？　どこにいけばいい？　こんなにたくさんのひとを傷つけて、こんなにたくさんの罪を負って、これで終わりなの？」

「それだけ？」

海は応えない。強い風がびゅうびゅうと吹きつけている。彼の口は渇ききって、それ以上の言葉が出ない。死を目前として、それだけしか出ないのか、と麻里が言っている。生死の境でそれだけしか言うことがないのか、という問いかけに、海は応えられない。海はもう、どんなことでも自分のせいのように感じていたから。

大きな花火が散ったような音が響いた。海は死んだ。からだのどこにも穴は開いていない、しかし、たしかに彼はそこで死んだのだ。

「違う」

麻里が言う。

「あなたが、十年前に馬鹿ってだれかをののしったとする。そのひとが十年後に死んだとする。あなたのそのひとことの可能性だってぬぐえない。でも――」

海の首筋から、冷たいものが離れて、そのかわり、あたたかい腕が彼を包みこんだ。

「あなたは、そんなんじゃない」

「う」

口が開いて、大きく息を吸いこむと、海は涙した。いつから忘れていたのかわからない涙を流した。すべてのものに懺悔して、また感謝した。そして、彼の目の前に、空が必死で修復したのだろう青いチケットが——差し出された。麻里の声が、彼の耳元でささやく。

「まだ、希望はあるはず」

目の前には、果てしない青と青。青と青。青と青。どうしようもないぐらい、とめどもない未来が、手をのばしても届かないのに、戸惑っていてもやって来る。だれも知らない未来というものが一秒先に広がっている。

水平線から赤みを帯びて、東から、だれの上にも等しくふりそそぐやさしさと厳しさが現れた。彼は逃げない。不正などしない。くもった日も、雨の日も、かならずそこにあらわれる。朝を告げに。

「これしか、手がないの。ごめんね」

麻里がつぶやく。

海は泣いた。

声を上げて泣いた。雪原に立つ狼のように。荒野にあらわれたジャッカルのように。咆哮と呼ぶにふさわしい声で叫んだ。その彼のすべてを、すべてが受け入れる。

あるじゃないか。

ひと筋の光が、希望が。

「彼女が、空港で、待ってる」

晴れているのに雨が降り出して、海は枯れた声でやはり叫びつづけた。この雨が止んだら、虹はでるのだろうか。いや、きっと出るさ。海は、ようやくつぶやいた。

「生きたい」

大空の近くまで行けるものは、二度死ぬ。彼は今、二度目の死を遂げた。そして、生きることを決意したのだ。決断したのだ。自分の意志で。自分のちからで。獲得したのだ。未来を。まだどこへ行くのかもなにをするのかも、どこへいけばいいのかもなにをすればいいのかも、彼はわかってはいない。けれど。

このとき彼は、愛そのものだった。

湧上アシャ　１９９０年沖縄県宜野湾市普天間生まれ。普天間高校出身。

17歳から本格的に小説を書きはじめる。ふたつの大学に進学するが、どちらも中退。

２０１６年10月から、同人サークル「タフコネクション」に参加する。ヒップホップやレゲエの文化に強い影響を受けており、ラップしたり、イラストを描いたりもするが、文章をメインに活動中。

風の棲む丘

2017年10月1日　初版第一刷発行

著　者　湧上　アシャ

発行者　池宮　紀子

発行所　㈲ボーダーインク
沖縄県那覇市与儀226-3
http://www.borderink.com
tel 098-835-2777　fax 098-835-2840

印刷所　株式会社 東洋企画印刷

ISBN978-4-89982-327-8 printed in OKINAWA Japan